江户川乱步全集·明智小五郎系列

侏儒法师

〔日〕江户川乱步　著
叶荣鼎　译

山东画报出版社

图书在版编目（CIP）数据

侏儒法师 /（日）江户川乱步著；叶荣鼎译. --济南：山东画报出版社, 2022.3
（江户川乱步全集·明智小五郎系列）
ISBN 978-7-5474-3954-8

Ⅰ. ①侏… Ⅱ. ①江… ②叶… Ⅲ. ①儿童小说－侦探小说－日本－现代 Ⅳ. ①I313.84

中国版本图书馆CIP数据核字（2021）第134773号

ZHURU FASHI
侏儒法师
〔日〕江户川乱步 著　叶荣鼎 译

责任编辑　怀志霄
封面设计　光合时代

出 版 人　李文波
主管单位　山东出版传媒股份有限公司
出版发行　山东画报出版社
社　　址　济南市市中区舜耕路517号　邮编 250003
电　　话　总编室（0531）82098472
市场部（0531）82098479　82098476（传真）
网　　址　http://www.hbcbs.com.cn
电子信箱　hbcb@sdpress.com.cn
印　　刷　山东新华印务有限公司
规　　格　787毫米×1092毫米　1/32
7印张　99千字
版　　次　2022年3月第1版
印　　次　2022年3月第1次印刷
书　　号　ISBN 978-7-5474-3954-8
定　　价　36.00元

译者序

红极一时的日本动漫《名侦探柯南》的作者漫画家青山刚昌，孩提时代曾是江户川乱步的超级追星族，他笔下的主人公江户川柯南的姓就取自日本推理文学鼻祖江户川乱步，名则取自英国的柯南·道尔。

日本作家历来都有用笔名的传统，江户川乱步本名平井太郎，早年就读于早稻田大学经济学专业，江户川就在早稻田大学旁边。巧合的是，“江户川”的日式英语发音“edogawa（爱多嘎娃）”，与“Edgar a-（埃德加·爱）”的发音极其相似；

“乱步”的日式英语发音“ranpo（兰波）”，与“llan Poe（伦·坡）”的发音又十分相近，故而决定以“江户川乱步”为笔名。从此，这个名字陪他度过了四十年推理文学创作生涯，也成为日本推理文学史上不可逾越的高峰。

1923年，乱步在《新青年》杂志上发表处女作《两分铜币》，引发轰动。当时的编者按这样写道：“我们经常这样说，《新青年》杂志上总有一天将刊登本国作者创作的侦探小说，并且远远高于欧美侦探小说的创作水平。今天，我们终于盼来了这一兴奋时刻。《两分铜币》果然不负众望，博采外国作品之长，水平遥遥领先于外国名作。我们深信，广大读者看了这篇小说后一定会深以为然，拍案叫绝。作者是谁？是首位登上日本侦探文坛的江户川乱步。”

1925年，乱步发表小说《D坂杀人事件》，成功塑造了日本推理文学史上的第一位名侦探——明智小五郎。其后，他又陆续创作了《怪盗二十面相》《少年侦探团》等脍炙人口的作品，其中的“怪盗二十面相”“少年侦探团”等角色已经突破了类型文学的束缚，成为世界文学史上的典型形象，先后多次被搬上各种舞台，改编成各种各样的影视、动漫作品。

第二次世界大战爆发后，江户川乱步因作品被禁止出版，投笔抗议，公开发表《作者的话》：“我撰写的小说主要是把侦探、推理、探险、幻想和魔术结合在一起，让读者富有想象力和创造力。人类必须怀有伟大的梦想，经过不断的努力，才会创造出伟大的时代。没有梦想，没有幻想，就没有科学。历史已经证明，科学的进步多取决于天才的幻想和不懈努力。科学进步了，人民才会过上好日子。可是今天的战争，毁掉了科学，毁掉了人民的梦想，日本人民将会被一个不剩地当作炮灰，却还是避免不了失败的结局。”

1947年，日本侦探作家俱乐部成立，乱步被推举为主席。俱乐部在1963年改组为日本推理作家协会，至今仍是日本最权威的推理作家机构。1954年，乱步在六十大寿之际，个人出资100万日元，设立“江户川乱步奖”，用以激励年轻作家。在之后的半个多世纪里，以东野圭吾为代表的一大批优秀的日本推理文学作家通过这个奖项脱颖而出，他们的成绩也使得“江户川乱步奖”成为日本推理文坛最权威的大奖。

1961年，为表彰乱步在推理文学界的杰出贡献，日本政府为其颁发“紫绶褒勋章”（授予学术、艺术、运动领域中贡献卓著的人）。1965年，乱步突发脑出血去世，获赠正五位勋三等瑞宝章。为纪念乱步，名张市建有“江户川乱步纪念碑”与“江户川乱步纪念馆”，丰岛区设有“江户川乱步文学馆”，供日本与世界的爱好者与学者瞻仰和研究。

《江户川乱步全集》作为乱步作品之集大成者，先后出版了多个版本，加印数十次，总印数超过一亿册，迄今已有英、法、德、俄、中五大语种版本问世。衷心希望诸位读者能够通过这一版的中文译本，回望日本推理文学的滥觞，领略一代文学大家的风采。

是为序。

2021年元旦于上海虹桥东华美寓所

目　录

噩　梦

“该回家了。”

清水纹三直起靠在椅背上的身体，伸了一个懒腰，自言自语道。

时间刚过十二点，白天热闹非凡的浅草公园，此刻静悄悄的，昏暗的路灯使公园里显得更加冷清。

“但是，回家后也没有等着要做的事……”

清水纹三又将直起的身体靠回了椅背上。

他的眼前，浮现出灯光昏暗的宿舍。

“待在这里的心情，远比在宿舍里好。”

不管做什么，清水纹三都嫌麻烦。此刻，他正在朦胧的夜色中四下张望。

浅草公园的地势相对比较高，在那里可以眺望周围的风景。

刚才还一直在闪烁的电影院的霓虹灯光，眨眼间就像被夜空吞噬了，一个个全消失了。取而代之的，是一团漆黑。

白天的闹市街头，深夜格外冷清，让人联想起荒凉的原野。

就在清水纹三环视寂寞夜景的时候，冷不防传来一阵小跑的脚步声，从右侧不断靠近。

他吃惊地转过脸朝那里望去，只见朦胧的路灯下有人影晃动。

咦，大概是流浪儿吧？

这想法在他脑子里一闪而过。

然而，那人影不像孩子。虽说个头看起来像个十来岁的孩子，但肩膀上的脑袋却显然是个大人的。

头发密而厚，乱蓬蓬的，遮住宽而扁的额头。土色的脸上，嘴和眼睛特别大。肩膀的宽度和上身长度，都与普通男人一般无二，可两条腿特别短——是值得同情的侏儒。

古代故事里出现的侏儒和小矮人，就是这模样。

奇怪的侏儒似乎没察觉清水纹三的存在，慌慌张张地跑着。

就在他刚刚跑过清水纹三面前两三步的时候，一样黑色的东西突然从他怀里滚落在地上。那东西细长，大概有三十厘米，被绸缎包裹着。

包裹的时候显然很匆忙，一端已经松开，露出了里面的东西。

清水纹三下意识地向包裹扫了一眼。

“啊！”

突然，他惊呼出声，但又急忙闭住了嘴巴。

昏暗的灯光下，露出包裹的赫然是人的手臂。

五根苍白的手指看起来还很柔软，似乎在向夜空中抓去。

侏儒大概是以为四下无人，不紧不慢地拾起包裹，又塞回怀里，继续小跑着离开了。

清水纹三瞠目结舌，许久没有缓过神来。不是在做梦吧？侏儒抱着一条手臂，一副理所当然的模样在深夜的公园里赶路。

清水纹三一个激灵，不，让我再想一想！这绝不是什么小事！他像热锅上的蚂蚁般焦躁不安起来，随即猛地站起身来。

侏儒迈着小碎步越跑越远，依稀还能看到那家伙似乎在笑。

不，我不能袖手旁观。

清水纹三跟了上去。

他踮起脚尖，蹑手蹑脚地走下石阶，前面不远的地方便是侏儒的背影。

他与侏儒保持着一定距离，脚步不停，仍然觉得自己仿佛置身梦中。漆黑的公园里，侏儒像只巨大的老鼠似的。无法言喻的恐惧感像电流般传遍了清水纹三的全身。

尽管如此，清水纹三还是无法从侏儒身上移开视线，两条腿好像被无形的绳索牵引着，紧紧跟在侏儒的后面。

侏儒沿昏暗的小路一连转了好几个弯，从一座小庙后面穿过，直奔吾妻桥方向。渐渐的，四下越来越冷清。夜深人静的路上，侏儒怪异的身形和姿势让人越发觉得恐惧。

不一会儿，他来到了吾妻桥。白天，这里总是车水马龙，可现在，一个行人都没有。只有桥上黑乎乎的铁扶手，笔直地伸向前方。

偶尔驶过一辆汽车，跨过桥后飞驰而去。

侏儒一边小跑，一边目不斜视盯着前方。到了桥中央，他突然停下了脚步，还转过脸来看了看身后。

一路跟踪而来的清水纹三就在他身后大概二十米的地方，不由得慌了神。

桥上根本没有什么可以隐藏身形的地方。清水纹三无可奈何，只得装作行人的模样，硬着头皮继续往前走去。

看侏儒的表情，似乎已经察觉到有人跟踪。他站在桥中央，稍稍把手探进怀里，好像是想取出那个包裹。看见清水纹三后又急忙抽出手，转身继续向前跑去。

这家伙刚才肯定是想把那“手臂”扔进河里！

清水纹三越发觉得可疑，可想到自己已经被对方察觉，又为难起来。思前想后，他还是决定继续跟踪那个侏儒。只是这次他拉开了与侏儒的距离，不像之前跟得那么近了。

过了桥不多远就是派出所，门口站着身穿制服的警官。

清水纹三一看见警官，本打算飞奔过去报案，但马上又打消了这个念头。

等一下，等一下，现在报警还为时过早，再过一会儿也许能抓住什么证据，到那时再报警也不迟。

清水纹三希望能够凭一己之力将那个侏儒人赃并获。在这种个人英雄主义的驱使下，他愈发胆大起来，将可能出现的危险都抛诸脑后了。

他只是用余光瞟了一眼派出所门口的值勤警官，就继续跟了上去。

侏儒拐进了一条小巷。这一带是贫民区，曲折幽深的小路形同迷宫。侏儒在里面左转右拐，大大增加了清水纹三的跟踪难度。

经过派出所后又跟踪了大概三百米，清水纹三开始后悔起来。

一路上，左边是大门紧闭的黑黢黢的住宅，右边是稀稀拉拉的杉树围着的墓地。只有一盏路灯有气无力地亮着，微弱的灯光照得墓地一片模糊。

侏儒似乎对这一带很熟悉，毫不迟疑地在墓地里穿行，始终没有再停下来看向身后。

清水纹三有了刚才的经验，愈发小心地跟在后面。

在墓地里又转过一道弯后，眼前终于出现了一座小寺院的院门。

侏儒在院门前停下脚步，转过脸看了看身后，确认没有异常，轻轻推开大门钻了进去。

清水纹三躲在暗处，目不转睛地盯着侏儒的一举一动。

又过了一会儿，他从黑暗中走出来，来到了院门前。先是竖起耳朵听了听里面的动静，又试着推了推门。里面好像已经上了锁，根本推不动。

奇怪，刚才那侏儒只是轻轻地推了一下门就开了，根本就没上锁。

看来，这里也许是他的栖身之所。

清水纹三突然这样想到。

可是，尽管如此，也不能断定这里就是侏儒的住处。

是啊，自己可不能磨磨蹭蹭的，说不定这个时候侏儒已经穿过寺院逃走了。

想到这里，清水纹三连忙倒退几步，藏身在一棵杉树后面，瞪大眼睛看向寺院后面。

另一侧有住宅，好像住着寺院里的人。恰巧这个时候，有人走了进去。

屋里亮着灯，灯光下一个人影非常清晰。是的，正是那个侏儒。那个人影走进了屋子，随即传来上锁的声音，很轻。

这下可以肯定了，那侏儒就住在这个寺院里。

清水纹三蹑手蹑脚地穿过稀疏的杉树围墙，朝那屋子摸了过去。他在门前站了好一会儿，竖起耳朵仔细听里面的动静。

但里面的人也许都睡了，一点声音都没有，灯光好像也熄灭了。

清水纹三决定孤注一掷，又上前两步，把耳朵贴在门上，还是什么声音也没听见。就这样，他在门口又站了好一会儿……

报　道

第二天，清水纹三在宿舍里一直睡到十点，直到附近孩子们的打闹声把他吵醒，才猛地睁开了眼睛。

阳光从防雨木窗的间隙射进房间，照得他不由得眯起了眼。他从被窝里伸出手，费力地把窗子打开了一半。

清新的空气一下子涌进了污浊混沌的卧室，清水纹三顿感浑身舒服，不由得翻了个身。就在这时候，昨晚的情景猛然又划过了他的脑海，但那好像是梦中的情景。

寺院后漆黑一片的小屋前，自己正全神贯注地注意着屋里的动静，当深夜冰凉的空气渐渐渗入体内时，发热的头脑开始逐渐冷却。

大大小小的黑色墓碑在远处路灯射来的微弱灯光中犹如一群魔鬼。他开始感到恐惧，对，是恐惧，而不单单是紧张。

突然，不知从什么地方传来一声悲惨的鸡叫，仿佛可怜的鸡被整个压扁了。

清水纹三剧烈地颤抖起来，不顾一切地拔腿就跑。

在墓地里穿行的时候，好像有人追在后面，清水纹三只能拼命地跑。但这墓地好像迷宫一般，他似乎迷失了方向，却根本不敢放慢脚步。好在又跑了好一会儿，总算来到了有车辆通行的大路上。

恰好一辆没有乘客的出租车迎面驶来，清水纹三来不及多想，赶紧跳上车回到了宿舍。

一定是我太累了，才会出现幻觉。怎么会有一条被裹着的手臂？这么愚蠢的事怎么可能发生？

整个房间里阳光明媚，清水纹三原本压抑的情绪豁然开朗起来，似乎昨晚的所见所闻都不过是一场梦。他伸了个大懒腰，摊开宿舍女主人放在房门口的报纸，首先翻开社会新闻版看起来。

最近一段时间，他养成了看报时先翻阅社会版的习惯，可今天并没有什么特别有趣的新闻。像平时那样，两三行大标题下面尽是充满血腥味的凶杀案。这些就像是另一个世界发生的事情，根本引不起他的兴趣。就在他打算翻阅其他版面的时候，注意力突然被一篇报道深深吸引住了。

清水纹三不由得吃了一惊，那上面印有两行标题，下面是这样的报道：

水沟里发现一条女性的腿！不可思议！无疑是凶杀案所致。

昨天下午，环卫工人在千住中组疏通水沟时，从淤泥里捞出一个包裹。打开后，发现里面有秤砣大小的石块和一条健康女性的腿，引得众人围观。

根据户山医学博士的鉴定，这是二十岁左右女性的右腿，是三天前从膝关节砍下的。从伤口来看，绝非外科手术，而是丝毫不懂医术的外行人砍下的。

但是，这一带没有发生凶杀案，也没人报告家人失踪。仅靠目前掌握的线索还无法断定这条腿究竟是属于什么人的。警方已经成立了专案组展开调查。

报道内容非常简单，可对于清水纹三来说，不啻于当头一棒。不知不觉间，他已经坐直了身子，目不转睛地盯着报纸看了五六遍。

他极力让自己冷静下来，但异样的预感越来越强烈，仿佛奇怪的侏儒随时会出现在身后。

面目狰狞的侏儒仿佛正站在偏僻冷清的水沟旁边，把一个包裹扔进去。

清水纹三一时间慌了神，完全不知该如何是好，总觉得身后有人。他一骨碌爬起身来，急急忙忙地换好衣服。

不知是出于什么打算，他从架子上卸下西装箱子，取出新做的西装和披风穿在了身上。

因为从学校毕业后还未选定职业，他把这套西装和风衣视作最体面的外出服装。说实在的，这套蓝色西装非常适合他。

“咦，打扮得这么潇洒，打算去哪里呀？”

经过楼下客厅时，宿舍女主人从清水纹三背后吃惊地问道。

“不，有点……”

清水纹三支支吾吾地答道，急急忙忙地穿上鞋子出门了。

但当他来到门外的时候，又茫然不知该去哪里了。

是啊，还是把昨晚的所见所闻报告警方吧。

虽说也不是没有过这样的念头，可又觉得昨晚的经历实在毫无真实感。一想到这里，清水纹三瞬间沮丧起来，内心充满了矛盾，一番纠结之后，终于决定还是暂不公开为好。

眼下还是先去一趟寺院，也许可以搞清楚昨晚看到的究竟是不是真的。今天白天必须搞清楚，否则晚上实在无法安心。

清水纹三打定主意，赶往昨晚那个小寺院。

和　尚

在浅草雷门下车后，穿过吾妻桥，清水纹三凭借仅有的模糊印象拐进了那条小巷。

可眼前的情景似乎与昨晚完全不一样，他开始恍惚，好像走进了迷宫。

深夜和白天，怎么会如此不同……

清水纹三在几乎一模一样的小巷里转来转去，费了好大劲儿，总算来到寺院门前。

周围是空地。虽说位于闹市中心，但这里令人感觉格外偏僻。

昨天夜里完全没有察觉，寺院门前竟然还有一家孤零零的毫不起眼的点心铺。店主是一个老太太，正坐在店门口晒着太阳打瞌睡。

清水纹三故意加重脚步，弄出声响向昨晚那间屋子门前走去。来到门前时，他猛然一把拉开拉门，发出了一阵嘎啦嘎啦的响声。

“对不起，打搅了。”

清水纹三招呼道。

“哪位？”

屋里有人应声。

房间里光线昏暗，看起来大概有十几平方米，空荡荡的。一个四十岁上下的和尚一身白衣坐在那里。

“请问……这里……昨天，是否住过一位身患残疾的先生？”

“什么？你说什么？什么样的残疾人……”

和尚眨巴着眼睛吃惊地反问。

“是位很矮的先生，昨天深夜确实回到这里的……”

见和尚满脸惊讶，原本就十分紧张的清水纹三愈发语无伦次起来，一路上想好的说辞全都想不起来了。

“嗯，大概是你搞错了。我不会让其他人住在这里。你要问的侏儒，我一点也想不起来……”

“但我确实亲眼看到他……请问，这附近是否还有其他寺院？”

清水纹三还是不能释怀，一边四下打量一边问道。

“没有，这一带就我们这一家寺院。但你说的侏儒僧人，我们这里没有。”

和尚面露不悦，似乎不满于清水纹三的信口雌黄，回答的语气越来越生硬，态度也很冷淡。

清水纹三本打算到此为止，可转而一想，既然已经来到这里，怎么能就这么空手而归？于是，他鼓起勇气继续问道：

“我这么问是有原因的。昨天深夜，我在这里看见一个怪物！”他一边说一边很失礼地跨过房门，坐在了门框上，“近来社会上经常说起侏儒，我想多半就是昨晚那个男人。他怀里揣着一样东西走进了这间屋子，这是我亲眼所见，当时我就在杉树围墙外……你真不知道吗？”

清水纹三越发感到奇怪。

“呵，是吗？”和尚脸上满是嘲弄地看着清水纹三，“我一点也不知道。大概是你的幻觉吧。侏儒僧人跟我这里毫无关系，怎么会有那种事，哈哈哈……”

说完，他竟放声大笑起来。

清水纹三郑重其事地解释道：

“侏儒怀里还揣着东西，是一个包裹，里面包着一条人的手臂！”

“我不知道你到底是什么人，可你真会编故事！”

和尚终于发火了。

“开什么玩笑！又是侏儒又是手臂的，你该不会是做梦吧？我说了不知道，就是不知道！就像你看到的这样，我们的寺院就这么大，根本没有藏人的地方。要是还是不信，就请你自己搜吧。我倒是无所谓。另外，你也可以去附近打听打听，我们寺院里是不是有那么一个怪人。”

“我并不是怀疑你……”

被和尚这么一说，清水纹三心里反倒没底了。

“我昨晚确实亲眼看见那个可疑的家伙潜入了你们的寺院。我也是出于好意，想要给你提个醒。奇怪，我确实亲眼看到的……”

“好，好，你说你看见了就看见了吧！我可没时间再陪你废话了，我还有其他事要忙。”

和尚满脸的不耐烦。

“好吧，对不起，打搅了。”

清水纹三无可奈何地站起身来，就像被人轰出来似的，狼狈不堪地走出门外。

“哎呀，我的脑袋肯定出了什么问题，居然傻乎乎地来拜访寺院，还问出那样的问题，也难怪被那个和尚嘲笑。”

这样想着，清水纹三直愣愣地站了一会儿。

突然，他又想起什么，来到点心铺门前，那个老太太还在打瞌睡。

“老太太，老太太，我要买米粉饼干。”

清水纹三买了一袋并不想要的东西，接着若无其事地向老太太打听。

“这一带有没有一个矮个男人？就是侏儒。有那样的家伙吧？老太太，您见过吗？”

“我在这里住了很长时间了，你说的侏儒，我从没见过也没听说过。”

老太太满脸不可思议地答道。

“这寺院里除了僧人，还住着什么人啊？”

“哦，你是说养源寺吧？那寺院有点怪怪的，就住着一个和尚。前不久来过一个小和尚，也许是闲着没事干，最近又不见人影了。你还真是不死心啊。好吧，如果真有什么事，我老伴可以帮你，他知道很多事情……”

老太太非常健谈，滔滔不绝地说个不停，但清水纹三想知道的，却一点也没有提及。他赶紧打断老太太的絮絮叨叨，转身朝车站方向走去。

途中，清水纹三在好几家酒店和米店门前停下脚步，向店主打听，可得到的回答全都一样，大家都不知道这一带有一个侏儒僧人。

此时此刻，清水纹三的心情实在是难以言喻。

偶 遇

清水纹三在雷门车站乘上都电电车后，还是如坠五里雾中，仿佛自己仍未从昨晚的梦中清醒过来。

“是清水君吗？”

电车驶过上野时，有人站在清水纹三面前打招呼。

还在百思不得其解的清水三纹吓了一跳，似乎做了什么坏事被人发觉了，脸顿时涨得通红。

“你这是怎么啦？”

站在他面前的是山野夫人，她的丈夫是著名的实业家山野大五郎。

“你这是要去哪里啊？”

山野夫人美丽的脸上带着几分倦意，打量着清水纹三。

清水纹三压根儿没有想到像她那样的阔太太也会挤电车，一时间不知如何回答是好。

“哦，好久不见……请，请坐！”

说完，他急忙站起身来让座。

“谢谢。这么巧遇上你，才能有座位坐，谢谢。清水君，如果方便的话，能否请你陪我一下？下一站是广小路车站，和我一起下车好吗？”

“哦，当然。”

清水纹三仿佛山野夫人的仆人，彬彬有礼地答道。

他与实业家山野大五郎是同乡，经常出入山野家，与山野夫人也非常熟悉。

两人在广小路车站下车后，并肩朝上野公园走去。

“清水君，你还没吃午饭吧？我也一样。不过，你还得再陪我一会儿，然后我们去精养轩餐馆吃西餐。我要问你的事情最好别让人听见，否则会很难堪的……”

山野夫人似乎有什么难言之隐。

但对清水纹三来说，吸引他的不是什么谈话内容，而是精养轩美味可口的西餐。想到这里，他突然觉得自己饿极了。这倒也正常，毕竟从早上开始，他还什么东西都没吃呢。

在公园门外一处冷清的地方，山野夫人突然转向清水纹三，提出了一个莫名其妙的问题。

“清水君，你好像提到过，你有一个大侦探朋友，我没记错吧？”

“哦，我确实说过，他叫明智，明智小五郎。”

清水纹三不假思索地答道。

“我和明智君也不是特别熟悉，只是认识得比较早而已。他之前去了国外，半年前刚回来，打那以后，我们还一直没见过面。不过他最近非常活跃，被誉为日本第一名侦探。不过不知道为什么，自打从国外回来之后，他就不太愿意接受委托了。山野夫人，您找明智君有什么事吗？”

清水纹三不解地问道。

“是啊，我还没告诉你呢。最近，家里发生了非常糟糕的事……三千子离家出走了！”

“什么？三千子小姐？我怎么一点也不知道。那是什么时候……”

山野夫人没等清水纹三问完，就跟他说起了事情的经过：

“今天已经是第五天了。简直像变魔术似的，三千子突然间就消失得无影无踪了。我们绞尽脑汁也想不出她为什么要离家出走，更不知道她是怎么消失的。这简直就是神隐……

“我们已经报了警，家里人也都一直在四处寻找，但直到现在还是一点线索也没有。眼下我的处境十分尴尬，这其中的原因我想你也知道。今天我丈夫去大阪了，说是那边有什么消息。我每天就这么毫无头绪地到处找熟人打听。唉，累死了。今天竟然突发奇想，觉得坐一下电车说不定能发现什么线索。瞧我，简直就像个侦探。”

山野夫人苦笑着看向清水纹三，突然话锋一

转，转入了一个跟三千子失踪毫不相关的话题：

“你知道养源寺的那个和尚吗？”

这出乎意料的新话题，使清水纹三吃了一惊。

“不，不知道……不过，为什么提起他来？”

“我刚才在养源寺门前看见你了。”

山野夫人满脸的疑惑。

“我在寺院门前的空地上与你擦肩而过。当时你一脸严肃，看起来十分着急，根本就没注意到我。

“那和尚跟我们家老爷也是同乡，但他实在太过古怪。为了三千子的事情，我才去那里向他打听。刚才，我就是从那里回来的。说起来，那和尚跟你也是同乡，你不知道？”

“是这样吗？我一点也不知道。其实，我从昨晚开始一直迷迷糊糊得不太清醒，刚才跟您擦肩而过也一点都没意识到……”

“这么说，你是在想什么？有什么心事吗？”

“夫人，您看报了吗？今天的晨报上，有一篇报道凶杀案的文章，是说千住的水沟里发现一条年轻女子的腿。”

“哦，是那篇报道吗？我看了。因为三千子的事……不管怎样，绝不会……”

山野夫人强颜欢笑道。

“可我有一个恐怖的经历。昨天晚上，我去浅草公园……”

清水纹三像坦白自己做的坏事那样，吞吞吐吐地说道。

“在光线昏暗的公园里，我遇到了那个妖怪般的家伙，这情景在我的脑海里挥之不去，就是因为这样，我才会这么魂不守舍……”

山野夫人一听说是浅草公园，扑哧一声笑了出来；听清水纹三说到那个妖怪般的家伙时，她的好奇心愈发浓烈起来，一双眼睛闪闪发亮。

清水纹三一五一十地把昨晚的所见所闻叙述了一遍。

“哦，太可怕了。”

山野夫人眉头紧锁。

“不过，这也许是你的幻觉，养源寺的和尚不会撒谎。再说，如果真有那样的怪人，附近的人不可能都不知道啊。”

“我也是这么想的。看来，说不定真的是我出了什么问题。”

两人就这样边走边聊，在上野的山上走了三十多分钟。其间，山野夫人巨细靡遗地叙述了三千子离家出走的情况，还向清水纹三打听了一些明智的事。

两人商定一起去拜访明智。

委　托

在精养轩吃完午饭，他俩乘上出租车，赶往明智落脚的赤坂菊水旅馆。

清水纹三异常兴奋，将要委托明智的三千子的案子和昨晚的种种怪相在他的心里不住地交替涌动着。

到了旅馆，他们先在前台确认明智是否在房间里，得到明智没有外出的确认后，清水纹三按照服务员的指引当先为山野夫人引路。明智接到前台的通知后，也很爽快地出来迎接客人。

明智住的是一间十几平方米的南向的榻榻米

房间。此时，三个人围着房间中央的紫檀矮桌坐了下来。

明智看上去心情很好，满面笑容地与初次见面的山野夫人寒暄了一番，随后问起她的来意。

山野夫人对明智的第一印象非常好，像吃了定心丸似的，详细讲述了事件的整个过程。

从国外回来还不到半年的明智，每天什么也不做，就这么悠闲度日，似乎打算休息一段时间。他整日闭门不出，不接受任何委托，甚至极少与人交谈，正觉得有些无聊了。

正在这时，学生时代同住在一家旅馆的清水纹三来了。

在山野夫人的叙述过程中，明智始终没有插话，一直静静地听着。凭他的经验，这是一起很有意思的案件。

不知不觉间，明智把手指伸进了自己的头发里，无意识地来回搅动起来——这是他对案件产生兴趣时下意识的习惯动作。

山野夫人喋喋不休地说着，明智并不嫌她啰

唆，非常认真地听着。

在这过程中，他的大脑高速运转，不停地整理分析，把有价值的部分提取了出来。

下落不明者：山野三千子，女，十九岁，山野大五郎的女儿，去年从女子学校毕业。

父亲：山野大五郎，四十六岁，经营钢材和房地产公司。

母亲：山野百合子，三十岁，山野三千子的继母。几年前，山野三千子的亲生母亲亡故。

用人：侍女两人，厨房和勤杂女佣两人，寄宿生一人，司机一人，司机助手一人。

这就是山野大五郎家的全部人员。

“您是说至今没有任何线索？”

“是的，真不可思议。我刚才说过，我们家是西式洋房，三千子的卧室在二楼，我们夫妻的房间在一楼，如果她出去，一定会经过我们房间门口。即便我们没有察觉，可大门和后门都紧紧关着，她不可能就这么悄无声息地出去的。”

“请问，窗子都关了吗？是否上插销了？”

“是的，都从里面上了插销。而且那天刚下过雨，窗外院子里的地面十分松软，却没有留下脚印或其他任何痕迹。”

“嗯，我想，三千子小姐应该是从窗子出去的……请问，前一天晚上有什么异常吗？”

“好像没什么异常。傍晚的时候三千子弹了钢琴。九点左右，我去她房间时她已经睡了。我丈夫从公司下班回家后一直在三千子卧室下面的书房里查阅资料。所以，如果三千子从卧室出来或者有人潜入她的房间，最先发现的应该是他。他休息时，用人们也都已经睡下了。在那之前，他们已经把门锁好了，没有什么地方可以出去。”

“奇怪，三千子小姐总不可能凭空消失吧？一定是什么地方有漏洞。”

“说得倒也是。不过，门肯定是关好的，警察赶到现场后也调查过。警官们看了现场后也连连说奇怪。”

“有没有可能三千子小姐是第二天早晨出的门？”

“那不太可能。侍女小松早晨去信箱取信回来，才发现三千子的床上没人。当时，大门是关着的。女佣们一直在厨房里干活，如果三千子出去，她们不可能不知道。”

“三千子小姐离家出走的大致原因，能否请您介绍一下。”

“想不出她有什么出走的原因。我不是她的亲生母亲，现在所有人都用奇怪的眼光看我。因此，我只想尽快知道她的下落，哪怕提前一秒钟也好。因为这样的心情，我待在家里总是坐立不安。今天我丈夫不在家，我才得以抽空拜访您。”

山野夫人诉说着自己尴尬的处境。

“三千子小姐有什么朋友吗？关系如何？最近一段时间，三千子小姐身边有什么异常现象吗？”

“说到朋友，毕业以后，三千子好像没有什么密切交往的朋友。结婚的话也说过两三回，可她本人不感兴趣，也就不再有人提起。除此以外，并没有……”

山野夫人说到这里停住了，好像接下来的话难以启齿。

“您说您丈夫去了大阪，他为什么要去那里？”

明智的提问，针对性越来越强，似乎刺到了山野夫人的痛处。

“啊，那……昨天……”

山野夫人开始吞吞吐吐。

“三千子的姑妈在那里，她一直很喜欢三千子，我丈夫可能觉得三千子去了她那里。”

明智紧盯着对方，令山野夫人难以启齿的好像不止于此。

仅仅刚才说的情况，就已经够奇怪的了。

明智反复思索。

“像您刚才说的，三千子小姐是在密室般的房间里失踪的，这样的情况在现实生活中实在不可能发生。这肯定是某种错觉，或者恶作剧。如果几处关键的地方调查得再仔细一些，我想很快就会发现三千子小姐的藏身之所。能否让我查看一下三千子小姐的卧室？也许这次的事件没有那么复杂。”

"好，明智先生，我现在就委托您查办这起失踪案。车就在外面等着，请现在就跟我一起回去吧。"

"好，我们这就出发。"

明智说着站起身来，开始做出门的准备。

钢 琴

三人走出旅馆，上了等在门外的出租车，告诉司机目的地之后，车上便陷入了短暂的沉默。

“一些不经意的小事，甚至在外人看来有些荒唐的事情，往往在解开谜底的时候才发现其重要的意义。特别是罪犯的行为往往不合常理，这些都是不可疏忽错过的地方，因为破案的关键很有可能就隐藏在其中……”

片刻过后，明智似乎是在自言自语。清水纹三和山野夫人都没有插话，只是默默听着。

不一会儿，出租车驶过隅田川大桥，沿着河边朝向岛驶去。

经过吾妻桥的时候，清水纹三不禁又想起了早上令人不快的一幕。紧接着，三千子的失踪和那个侏儒怀里揣着的手臂又交替浮现在他的脑海里。

山野家的别墅建在向岛小梅町的一处僻静之地。出租车驶过漂亮的大门，穿过平整的碎石路，停在了大门前。

主楼的右侧是一栋小巧的二层洋房，左侧是木结构的车库。虽然算不上什么大型别墅，却给人一种殷实富足的感觉。

山野夫人在玄关对前来迎接的寄宿生不知说了些什么，随后带着两人穿过走廊，来到了洋房一楼的客厅。

壁纸、窗帘、高级地毯，不管是色调的搭配还是材质的选择，都给人一种十分舒适的感觉。家具及装饰品的摆放也非常讲究。房间一角摆着一架钢琴，富有光泽的琴面上映出了地毯的图案。

“调查过鞋子了吗？”

刚一坐下，明智就提出了一个奇怪的问题。

“什么？”

山野夫人被明智莫名其妙的问题搞得一头雾水，不解地反问道。

她原本正打算离开，但听到明智的问题，也坐了下来。

“三千子小姐如果真的离家出走了，肯定要穿走一双鞋吧。”

明智解释道。

“她平时常穿的一双鞋确实不见了，还有围巾和一只有网眼的小包也不见了。”

“她平时穿什么样的衣服？”

“都是些很普通的便服。”

“这么说，一方面门窗紧闭，另一方面，鞋、围巾、小包之类的离家出走的证据却又一应俱全？”

明智歪着脑袋问道。

“是啊。”

山野夫人面露尴尬。

“那么，能不能让我四处查看一下。”

明智说着站了起来。

一楼只有客厅和山野大五郎的书房。明智在书房门前看了看，然后沿着走廊尽头的楼梯上了二楼。清水纹三和山野夫人紧随其后。

二楼有三个房间，都是三千子的。房间里十分凌乱，一眼就可看出三千子不是很细心的女孩。化妆室里，各种化妆品乱作一团。书房里也堆得乱七八糟。

山野夫人把壁橱一一打开，还从书桌的抽屉里取出了最近的信件，但这些都没能引起明智的兴趣。

“壁橱里已经仔细查看过了，并没有发现什么异常。”

山野夫人似乎是想证明自己并没有什么疏漏。

“可是，除非三千子小姐是个幽灵，否则，她不可能从门窗紧锁的房间里凭空消失。”明智伸手摸了摸墙上的壁纸，又检查了窗户，“说不定，她还在这房子里。”

清水纹三听到这话，不由得一个激灵。如果山野三千子被藏在家里长达五天，肯定已经变成了一具尸体。从昨晚开始的噩梦似乎还在延续。

三人在洋房里转了一圈，又回到了客厅。

“三千子小姐非常喜欢弹钢琴吧？夫人，您会弹钢琴吗？”

明智站在客厅一角的大钢琴前，掀开琴键的盖子问道。

“不，我不会。”

“那么，除了三千子小姐，家里没人会弹这钢琴吧？”

山野夫人点点头。

得到山野夫人的答复后，明智似乎想到了什么，一屁股坐到琴凳上胡乱地按起琴键来。

山野夫人和清水纹三见状大吃一惊。但更奇怪的是，钢琴的声音明显不正常，明智按下琴键时，发出的声音就像是发条松弛的挂钟。

“这钢琴一直是这种声音吗？”

明智停下手来，转向山野夫人问道。

“不，怎么可能。这钢琴一直是三千子用着的。”

明智又试了试，还是那种奇怪的声音。

清水纹三和山野夫人面面相觑，心头都浮起了一种不祥的预感。

山野夫人面如土色，呆若木鸡地看向明智。

“我要打开琴盖检查一下。”

明智一脸严肃地说。

“好……请。”

山野夫人的声音已经颤抖了。

明智绕到钢琴侧面，掀起沉重的琴盖，向里面看去。

清水纹三站在明智身后，弯着腰，身子向前探出。与其说他在看钢琴内部，倒不如说他一直留意着明智脸上的表情。

他在想，钢琴里会不会有什么可怕的东西，也许是一具没有手脚的女尸？

但是打开琴盖一看，除了纵横交错的琴弦，里面什么也没有。

确认之后，清水纹三长长地松了一口气，只觉得自己之前的想法实在是有些荒唐可笑。他转脸看向山野夫人，微微一笑，刚才她脑子里的情景大概也跟自己一样吧？

但是，明智还是一脸严肃，仔细检查着钢琴内部的情况。

又过了一会儿，明智才直起腰，转身看着两人，压低声音说道：

“夫人，这不是离家出走，而是一起可怕的凶杀案件！请您看一下，这大概是三千子小姐的东西吧？”

明智说着，将一个十分精细的金属发卡托在手掌上给山野夫人看。

“是的，我想多半是她的。”

“这个发卡落在了钢琴里，钢琴才会发出那样的声音。还有，三千子小姐的头发是不是很细，还略带一点红色？”

明智说着，又用两根手指捏起一根头发。

“啊，那……”

山野夫人惊叫道。

“如果把人塞进去，琴盖就无法完全盖上了。但是如果留一条缝的话……”明智略一停顿，又继续说道，“以下只是我的想象。罪犯暂时把三千子小姐藏在这里面，伪造出她离家出走的假象，转移大家的视线，然后伺机把三千子小姐转移到外面去。”

“可那天并没有访客，而且这里离我们夫妻的房间很近，如果真有人潜入的话，我们会立即察觉的……”

山野夫人竭力想要否定明智的说法。

“如您所言，很难想象当时三千子小姐还能自由活动。”明智对山野夫人的话充耳不闻，继续着他的推理，“如果她能够发出声音或者拼命挣扎，肯定会被你们发现。恐怕她当时已经失去自由了。在这房子里，除了钢琴里，似乎没有其他什么地方能够藏得下一个人了。而且家里又没有其他人会弹这钢琴，所以那家伙的罪行才一直没有暴露。看来那家伙当时十分冷静，钢琴上竟然没有留下任何指纹。我刚才特别仔细地检查过了，结果一无所获，那家伙把钢琴内外都擦得干干净净。”

起初还心存侥幸的山野夫人和清水纹三听完明智的说明后，脸上的血色都渐渐褪去了。清水纹三首先担心的是三千子的安危。山野夫人似乎对此十分顾忌，有些不知所措。

垃圾箱

“您……您是说，三千子被人绑架了？还是，如果……更可怕的……”

山野夫人竭力平复自己的心情，但颤抖的声音将她的恐惧展露无遗。

“现在还不能下结论。但按目前的情况看，事情不容乐观。”

“但是，即便罪犯把三千子藏在了这里，又怎么把她运出去呢？白天这里可是人来人往，众目睽睽。晚上又会门窗紧闭。即便出去的时候悄无声息，可早上还从未发现门没有上锁的。”

“是的，确实如此。那么请问，每天早上也都会检查窗户吗？”

“是的，我丈夫是个特别小心谨慎的人，经常嘱咐用人们多加注意。特别是三千子失踪之后，大家都更小心了。”

山野夫人的话似乎让明智恍然大悟，急忙追问道：

“三千子小姐失踪之后，有没有什么大件行李被搬出去？正如您刚才所见，那家伙的想法和手段都非常离奇。说不定是把三千子小姐藏在了别的什么东西里运了出去。”

山野夫人听了明智这番奇特的推理，吃了一惊。

“从来没有这么大的东西搬出去过。”

“但是，如果三千子小姐已经不在这房子里，那么，罪犯肯定采用了什么不可思议的方法将她运出去了。就刚才发现的情况来看，三千子小姐不可能是自愿离开的。”

说到这里，明智稍稍迟疑了一下。

“能不能请您把用人们集中到这里来，我有几个问题想要问一下他们。”

“当然。”

于是，山野夫人将家里所有的用人都集合到了客厅。总共五个人，在门口站成了一排，有些手足无措地看向明智。

有两个人没来。侍女小松说头痛，独自一人待在女佣卧室里休息。司机路屋君两三天前请假回老家了。

明智并不喜欢这样把大家集中在一起讯问，但眼下已经顾不得这些了。在他看来，三千子小姐凶多吉少，没准儿已经成了一具尸体。现在他急于弄明白的，是罪犯究竟是如何把人运出去的。

山野夫人向用人们介绍了明智，请大家务必要配合明智的调查，如实回答所有的问题。

“我想请大家回忆一下，三千子小姐失踪后，也就是四月二号，出入这里的究竟有哪些人。”

明智开门见山，直接切入正题，提问之后就把目光投向了在大门值班的寄宿生。

寄宿生山木脸涨得通红，努力回忆着列举出了来访者的姓名。然后总结道，总共有十五六个人，都是家里的常客，没有什么可疑之处。山野夫人也在一旁对山木的话表示了肯定。

“那这些人中间有没有谁从这里搬走过什么大件物品？不只是来访的客人，家里人也好，其他什么人也好，总而言之，有没有什么人把大件物品搬出过这个家门？”

明智追问道。

“要说最大的物品，也不过是手提包之类的东西。”山木有些不可思议地看着大侦探，“进进出出的车也不少，但车上也没有体积很大的东西。”

其他用人也没能提供更多的信息。

“有没有什么人从后门出入？”

明智问两个女佣。

“厨房后门只有熟悉的推销员才会偶尔出入。”

一名女佣答道，同时以眼光征求另一名女佣的认可。

结果依然毫无进展。司机助手也证实说，他的车只有山野先生乘坐。不用说，也没有搬运过任何大的物品。

如果这些人说的都是事实，即近来并没有什么大的物品运出去，那接下来就只有展开地毯式搜查了。但是这房子的里里外外早已被山野家的人和警方反复搜查了好几遍了。

山野三千子就像一阵烟雾一般凭空消失了！但是，这是绝对不可能的！

“一定有什么地方疏忽了。就像这钢琴，你们之前就没有发现。如果当时稍加注意，或许在罪犯转移三千子小姐之前就能发现她了。你们一定遗漏了什么极不起眼的东西，或者你们习以为常的事情。除了刚才说的，还有什么要补充的吗？例如寄宿生刚才就没有提到邮递员进大门送邮件的情况。虽然邮递员不可能把三千子小姐带出去，但是诸如此类的事情是不是之前被你们忽略了？”

“有收垃圾的环卫工来过吧？”

清水纹三突然想到什么，插嘴问道。

“有，如果说环卫工……喂，阿君，”一名女佣看向自己的同伴，“正巧是三千子小姐失踪的第二天一早，区政府的环卫工来收过垃圾。”

“有什么异常吗？”

“嗯……也没什么特别的，只是……平时一直是十天收一次垃圾，但那天距离上次收垃圾才过了两三天……”

“垃圾箱在后门吗？”

“是的，就放在后门内侧。”

“你还记得那人长什么样吗？”

明智的好奇心似乎越来越浓了。

“我也说不清楚……跟平时没什么两样，脏兮兮的，穿着工作服。”

“那人是从后门进来的吧？他替换垃圾箱的时候你看到了吗？”

“没有，我只是在门口跟他擦肩而过。当时，我正要外出买东西……哎，阿君，你看见了吗？”

“我也没特别注意。是的，是的，现在回想起来，那天确实有些奇怪。明明才收过垃圾两三天，可垃圾箱已经塞得满满的了。那天早晨，我是在收垃圾的人来之前去倒垃圾的，所以才发现了这一点。”

阿君转向明智：

“因为太忙了，过后也就把这事忘了……”

“看来，那垃圾箱很大吧？”

清水纹三兴奋起来，没等明智提问，就迫不及待地在一旁边插嘴道。诸如此类的事件对他有种特殊的吸引力。关于三千子的下落，他想偷偷验证一下自己的猜测。

“是的，很大。”

“人装得进去吗？”

“嗯，很容易就能装进去。”

“好，请允许我去查看一下垃圾箱。”

明智说着，当先向后门走去。

正对大门的院墙上开了一扇便门，门内侧靠墙放着一个硕大的垃圾箱。明智掀开垃圾箱盖仔细查看，但除了庞大的体积容易引人联想，并没有什么特别的发现。

“把人藏在垃圾箱里，上面盖上垃圾。化装成环卫工的罪犯就可以借着收垃圾的名义堂而皇之地把人运上车，然后随便运到什么地方。虽然听起来很荒唐，但恐怕这就是事情的真相。有时候罪犯的想法就是这么稀奇古怪。”

明智转向山野夫人解释道。

接下来，明智又一次对山野家进行了缜密的搜查，并继续对用人们展开讯问。女佣小松因为头疼，一直卧床休息，明智特地去她的房间了解情况，问了许多问题。

直到夜深，明智和清水纹三才一起离开了山野家。清水纹三千方百计地想要从明智嘴里套出点什么线索，但明智始终保持着异乎寻常的沉默，似乎一直在思考什么问题。

此后的两天里，表面上也没有任何事情发生，但明智的调查始终没有停止。

清水纹三也没闲着，时而拜访山野家，时而去浅草公园和养源寺附近闲逛，希望能发现什么蛛丝马迹。

山野家也没有什么新情况。

可是，第三天，也就是四月七号晚上，银座著名的M百货公司里发生了一件闻所未闻的怪事。大家这才确定，山野三千子的失踪绝不是一般的离家出走。

人　偶

凌晨两点，年轻的值班营业员和保安正在M百货公司三楼巡逻。这家百货公司每天晚上都有几十名值班营业员和保安在各层巡逻。

深夜的百货公司与白天的熙攘喧闹截然不同。灯都关了，只有楼梯上、拐角处的微弱光线照得通道里一片模糊。

展台上的货品都盖上了白布，大大小小，有高有低，就像一排排棺材。

年轻的值班营业员特别注意货架背后，一边检查一边不时地在值班记录表上做着记号。

白天并不显眼的一根根又圆又粗的柱子，此时仿佛一个个五大三粗的家伙站在那里。

保安打着手电筒走在值班营业员前面，为了壮胆，他故意把脚步踩得很响，嘴里还吹着口哨。然而这些声音在空无一人的角落里回响，反而更增添了诡异的气氛。

最可怕的是友禅丝绸柜台的三个人偶。这三个人偶穿着流行的春装，站在一棵硕大的樱花树下。

营业员们给这三个人偶取了名字——春姑娘、绿姑娘、芳姑娘。

像“绿姑娘的腰带”啦、“芳姑娘的和服”啦之类的说法，为顾客试穿时增添了几分情趣。

这三个人偶中，数绿姑娘最漂亮。但关于她，有许多骇人听闻的传说。比如，白天，绿姑娘一动不动地履行自己的职责，但一到了晚上，她就开始四处游荡。甚至有营业员反映，晚上下班时绿姑娘的位置跟第二天早晨完全不同。夜里巡逻的时候，如果站在她面前盯着她的脸，会有一种她马上就要笑出来的感觉。

此刻，值班营业员和保安正向三个人偶所在的柜台走去，在手电筒光的照射下，樱花树下人影憧憧。

“等等，你看，那个儿童人偶是什么时候放在那里的？”

保安忽然停住了脚步，对值班营业员说。

“什么？儿童人偶？不会吧？”

值班营业员觉得莫名其妙。

“可是，你瞧，春姑娘和芳姑娘不是正牵着一个孩子吗？”

保安说着举起手电筒照了过去。因为还有一段距离，看得不是十分清楚，但绿姑娘的阴影里确实站着一个儿童人偶。

值班营业员左思右想，觉得那里确实不该有这么一个儿童人偶。在惊诧的同时，一股寒意油然而生。

“快，把灯打开，打开柜台上面的吊灯。”

值班营业员费了好大劲儿才克制住逃跑的冲动，大声命令身边的保安。

保安慌慌张张地伸手去开灯，但因为仓皇失措，一时间竟然没按到开关。

值班营业员一把夺过保安手里的手电筒，将光束对准了那几个人偶，一步步凑了上去。

绕过长长的展台，有一小块空地，三个人偶就站在空地上的樱花树下。

手电筒的光束颤抖着，沿着地面向前移动，木栅栏，人造草坪，春姑娘的腿，绿姑娘的腿，芳姑娘的腿……一个接着一个地出现在光束中。

光束突然停止了移动，好像是值班营业员害怕弄清楚令他担心的事实。但最终，他还是鼓起勇气，抬起手电筒照向了那里。就在那一刹那间，值班营业员浑身僵硬，一动也动不了了——一个十分怪异的身影出现在了光圈里。

那人头戴鸭舌帽，一身黑衣，正如保安说的那样，站在春姑娘和芳姑娘之间，双手被她俩牵着。但那张脸，明显不是什么孩子。那明显是一张成年人的脸，长着硕大的眼睛和鼻子，甚至还有深深的皱纹。

是侏儒！

虽然是成年人，却只有儿童的身高。

那侏儒任凭手电光束不断向上移动，依然面无表情地板着脸一动不动，一副老子就是人偶的架势。

要是在大白天，人偶和侏儒的组合一定会逗得顾客和营业员开怀大笑。可眼下，手电光束中的那张呆板的脸实在让人不寒而栗。

“喂，站在那里的是什么人？”

值班营业员愣了半天，才突然恍然大悟似的大叫着给自己壮胆。

没有回答。不仅如此，手电光束中的呆板大脸就像电影胶片断了一样，突然凭空消失了——那侏儒跑了。

“喂，站住！”

就在这时，保安终于找到了开关，天花板上的照明灯一下子全亮了起来。但那个侏儒早已翻过木栏杆，绕过陈列台，消失得无影无踪了。

商场里纵横交错地排列着无数展台，所有展

台都比那侏儒高，根本猜不出那家伙究竟逃到哪里去了。

“怎么啦？”

保安跑到值班营业员跟前。

“商场里有个怪物，快拉响警铃，让大家来这里集合！”

保安闻言转身跑开，随即，尖锐的铃声在百货公司里响了起来。

“怎么回事？”

“出什么事啦？”

“看见什么啦？”

在其他楼层巡逻的值班营业员和保安纷纷赶了过来，大搜索随即开始了。所有楼层的照明灯都亮了起来，展台上的白布被一一拿开，柜台下、货架后面，所有的角落都检查得非常仔细。全体人员分成三组，第一组从三楼开始向上搜索，第二组向下，第三组把守各出入口。但要在这种到处都可藏身的商场里找出一个个子矮小的侏儒，实在不是一件容易的事。

搜索一直持续到天亮，还是没能找到那侏儒。好在经过检查，并没有什么东西被盗。

“侏儒什么的，我看就是那家伙看花了眼。他是被绿姑娘的传言吓破了胆吧，哈哈哈……”

大家似乎都认定是那个值班营业员自己吓唬自己，这件事就这样不了了之了。

第二天早晨，M百货公司照常开门营业，经理特意吩咐各出入口的工作人员留意个头矮小的家伙，但谁也没有发现这样的人。于是大家更认定昨晚的骚动不过是那个值班营业员的幻觉而已。

“瞧，肯定是看花了眼。深更半夜的，怎么会有那种人！”

“说不定就是那家伙的恶作剧……”

但那天中午，百货公司三楼又发生了一场莫名其妙的骚乱。

站在樱花树下的三个人偶周围围满了看热闹的顾客。两个学生正一边看一边指指点点地议论着。

“喂，哥哥，你看，这人偶虽然做得像真人一样，但仔细看的话，两只手的颜色竟然都不一样，看来这制作者的手艺也不怎么样嘛。”

“别瞎说！”哥哥看了看周围的人群，见没人注意他们，才又压低声音责备道，“拿着手提包的那只手虽然颜色略有不同，但做工不是非常精细吗？简直就跟真人的手一模一样。你怎么能这样信口贬低别人的手艺。”

“可是，两只手的颜色不一样不是很奇怪吗？制作手艺确实不错……但还是……而且你看，左手明明那么光滑，一条细纹都没有，但右手，右手上还有汗毛。还有还有，你看，右手上的那枚戒指，已经勒进肉里了，那是……那是死人的手！”

弟弟被自己的发现惊呆了，呼吸不自觉地越来越急促，最后竟歇斯底里地大叫了出来。

他的惨叫一下子吸引了所有顾客的注意，原本只留意人偶身上的服装的人们纷纷把目光投向了人偶的手。

仔细一看，无论是肤色、细纹，还是汗毛，确实都像是死人的手。但大家还是将信将疑，实在很难想象M百货公司这样的大商场里会出现一只死人的手。

“阿姨，你看，那确实是真人的手！”

弟弟拉住旁边的一位妇女，想让她证实自己的发现。

“别胡说八道了，怎么会有这种事！”

妇女皱着眉头训斥道。

“真是莫名其妙，你要是想证实一下，可以过去摸摸看啊。”

后面的另一个妇女略带讥讽地说道。

“好，我这就去核实一下！”

没想到弟弟真的钻了进去，径直跑到绿姑娘跟前。哥哥见状吃了一惊，想要伸手拉住他却已经来不及了。

“你们看！”

弟弟一把扯下了绿姑娘的右手，向人群高高举起。

人群中顿时一阵骚乱，在此起彼伏的惊叫声中，大家如退潮的海水般向后散去。

只见那条手臂是从肘部割下来的，切口参差不齐，还粘着暗红色的血迹。

指　纹

M百货公司发生骚乱的那天下午，明智再次拜访了山野家。山野夫人将他请到了客厅。明智不及寒暄，就直截了当地说明了来意。

“我想要三千子小姐的指纹，能不能让我查看一下她的房间。”

“当然，您请便。”

山野夫人在前面引路，带着明智来到了三千子的房间。

跟上次来的时候不同，房间里被收拾得井井有条，到处都打扫得干干净净。明智很容易就收集到了三千子的指纹。首先是书房桌上使用过的旧吸墨纸，上面有一个黑黑的右手拇指指纹。化妆室里的梳妆台被擦得干干净净，但梳妆台的抽屉里放满了各种各样的化妆品瓶子，几乎每一个上面留下了若干个清晰的指纹。

“能否暂借几个瓶子？”

“当然，只要能派上用场，请尽管拿。”

明智取出手帕，把挑选出来的几个瓶子小心翼翼地包了起来。

回到客厅，明智把那几个瓶子、吸墨纸，以及一张纸依次放在了在桌上。纸上有很清晰的其他人的指纹。

明智取出放大镜，比较那上面的指纹，接着把放大镜放在桌上，转向山野夫人说：

“夫人，这纸上一共有五枚指纹。请您把这些指纹与三千子小姐房间里的吸墨纸和化妆品上的指纹比较一下。用放大镜观察的话，即便外行也能一目了然。”

“这……”山野夫人脸色苍白，全身剧烈地颤抖起来，“明智先生，还是请您比较吧……我，我害怕……”

“我已经仔细比较过了，这些指纹完全相同。不过，我想最好还是请夫人您也确认一下……”

“既然您已经比较过了，那不就行了？我就是看了也看不明白……”

“是吗……那么，我就说一下比较的结果。夫人，你可别吓坏了。三千子小姐已经被杀害了。这上面的指纹，是从尸体的一只手上取下来的。”

山野夫人竭尽全力才没让自己摇摇晃晃的身体跌倒在地。她惊恐地瞪大了眼睛，结结巴巴地问道：

“那，那……您说的尸体在哪里？”

“在银座M百货公司的三楼。这次的案件非常诡异，完全不合常理。昨天晚上，友禅丝绸柜台展示人偶的手被人换成了死人的手。这是我警方的一位朋友告诉我的。我立即拜托他取来了指纹。据说被发现时，手上戴着一枚硕大的红宝石戒指。这大概也是一条线索。”

“三千子确实有一枚红宝石戒指。可她的手怎么会出现在商场人偶的身上？这简直就是噩梦，没有一点真实感。”

“但这确实是千真万确的事实。今天的晚报上就会有关于这次事件的详细报道。警方已经把这起事件与三千子小姐的失踪案联系在了一起。对于贵府来说，除了悲痛，说不定还有许多其他麻烦事。”

“明智先生，我到底该怎么办呢？”

山野夫人满眼泪水问道，似乎明智就是她的最后一根救命稻草。

“眼下只有尽快抓获罪犯，找到三千子小姐的尸体。案情已经发展到这一步，三千子小姐已经不可能生还了。警方已经全力展开侦查，也许很快就能破案了。请问，您丈夫还没回来吗？”

“回来了。接到我的电话，他马上就赶回来了。三千子是他的掌上明珠，我向他说起钢琴的事，他简直是痛不欲生。这几天一直把自己关在房间里，情绪极其低落，也不愿见人。他现在这个样子，我都不知道该不该把您刚才的话告诉他了。”

“唉……确实。但即便这样，我还是要问一下，我今天能不能见他一面？”

山野夫人满脸歉意。

“之前我已经跟他说过您要来了，但他说今天还不能见面。”

“那好，那么今天就到此为止吧。但是在离开之前，我想还是应该把至今为止调查到的情况都跟您说一下。”明智略一停顿，继续说道，“首先是那个来收垃圾的环卫工，很有可能就是他把三千子小姐藏在垃圾箱里运出去的。发现这一线索的第二天，我用了一整天时间全力侦查，一直到吾妻桥最东侧，问了很多人，根据他们的回忆，好不容易才拼凑出那人大致的行踪。但是从那里之后，那家伙是过了桥还是沿着河岸继续向前往厩桥方向去了，或者是左转朝着业平桥方向去了，我想尽了办法，还是一无所获。现在，我的一名部下还在那一带调查，但是到目前为止还没有任何消息。”

说到这里，明智脸上竟然露出了一丝不易察觉的冷笑。

“还有一件事情，就是府上的司机路屋君。夫人好像在隐瞒什么。当然，这也是可以理解的。但是有些事情，越是隐瞒就越容易引人误会。通过这段时间的调查，对于他的情况，我恐怕比夫人您知道的还要多。三千子小姐和路屋君两情相悦，而且三千子小姐恐怕还要更主动一些。我想，您一定已经察觉到这一点了。然而在此之前，路屋君已经和侍女小松有染了。也就是说，这是一场三角恋。

“恰好在三千子小姐失踪前后，路屋君请假回老家去了。正如您丈夫所料，这里面恐怕有什么蹊跷。我和您丈夫一样，沿着同一条线索追查下去，查清了他四月二日以后的所有行踪。四月三日傍晚，他突然向您丈夫请假，乘当晚的火车回老家大阪去了。有许多目击者证明，他当时是单身一人，并没有任何女性同伴。

“您丈夫应该在大阪找到了路屋君，但遗憾的是，恐怕没能打听到任何有价值的线索。他跟三千子小姐的失踪应该没有什么关系。不过，他好像知道些什么。”

明智一边说，一边盯着山野夫人。只见她脸色惨白，泪水涟涟，一直看着地面，不发一语。从她的表情中，明智读不出任何东西。

“仅从目前的情况来看，最值得怀疑的是侍女小松。”明智压低嗓音，“对她来说，三千子小姐是不可饶恕的情敌。而且作为一个女佣，不管什么时候，她都可以自由出入三千子小姐的房间，而不会引起任何怀疑。事实上，第一个发现三千子小姐不见了的也正是她。在那之后，她就一直推托有病，闭门不出。这一切不能不引人怀疑。”

“不，如果只是这样，她不可能对三千子下此毒手的。”山野夫人慌忙打断明智的话，“小松是个非常不幸的姑娘。年幼之时便父母双亡，差一点被狠毒的叔叔卖到妓院。是我丈夫把她救了出来。打那以后的四年里，我们一直把她当女儿一样留在家里。她本人也感激涕零，常常说为了我丈夫她连命都可以不要。她干活非常卖力，也非常温柔。不论如何，她都不会伤害三千子的。”

“我同意。我也不认为小松会是那样的女人。”明智一边用手指梳理着蓬乱的长发，一边继续说道，“我只是就事论事，不能排除她的嫌疑。但其实我很清楚，她是无辜的。但即便如此，或许她知道什么内情。只是我上次去她的房间打听情况，不管问什么，她都说不知道，甚至都不敢正视我。再问下去，她就抽抽搭搭地哭了起来。看她那模样，一定藏着什么秘密。”

明智紧盯着山野夫人毫无血色的脸，不放过任何细微的表情变化。

令人窒息的沉默持续了好一会儿，明智才又不动声色地继续说道：

“还有，这次的事件里有一个奇怪的男人。确切地说，是个侏儒。大概您也听说了吧？清水君说他在前一天夜里曾经亲眼见过那家伙，M百货公司的事件也与他有关。昨天深夜，那家伙被发现出现在了人偶边。”

“您是说侏儒？”

山野夫人似乎十分害怕，不由得打了个寒噤。

“我的确从清水君那里听说过侏儒的事。可当时我并不怎么在意，还以为只是他的幻觉。难道真有一个这样的家伙？除了小时候在马戏团见过，我一直没见过侏儒。”

“是吗？”明智一直观察着山野夫人的眼神。

“关于侏儒，还有一件怪事。清水君说他的确亲眼见到那个侏儒走进了养源寺，可养源寺的和尚一口咬定没有那样的人。附近的居民也都说从来没见过这样的家伙。这一次在M百货公司也是，虽然值班营业员看见了那个侏儒，但是随后的搜查一无所获，没有任何迹象表明那家伙曾出入百货公司。我想这其中一定有什么蹊跷。”

其中的蹊跷明智当然已经大略知道，但他仍然装出一副不明所以的样子，兜兜转转地说着一些莫名其妙的话。

“而且，我想夫人您应该也已经察觉到了吧？这次的事件中最令人费解的是，罪犯似乎竭力想把自己的犯罪行为公之于众。无论是清水君看到的那一幕，还是千住水沟里发现的那条腿（当然，这或许是完全不相关的另一个案子），又或者是这次发生在M百货公司的事件，种种迹象表明，罪犯竭力想让世人知道他的暴行。特别是昨晚，竟然留下了那枚红宝石戒指。其意图非常清楚，就是为了让大家知道那是三千子小姐的手。

“这实在是让人百思不得其解。如果不是傻子或疯子，不，即便是傻子或疯子也不会这样肆意妄为。而且，神不知鬼不觉地把死人的手安装在商场的人偶身上，这实在是……在这种完全不合常理的表象背后，恐怕有什么巨大的阴谋。”

明智突然毫无预兆地停止了自己的长篇大论，就那么一动不动地死死盯着山野夫人惨白的脸。

山野夫人意识到了明智的锐利目光，不由得低下头去，浑身不住地颤抖。她显然陷入了巨大的恐惧之中，连话也说不出来了。

“如果这些都是经过周密计划的行动，那只有一种解释，即罪犯另有其人，一直出现在世人面前的那个侏儒根本不是罪犯，他仅仅是用这样的方式威胁隐藏在某处的真正罪犯。他以为这样就可以达到目的。夫人，您说是不是这样呢？”

山野夫人猛地抬起头来，与明智四目相对，

但两人谁都没有说话。两人的目光似乎要洞穿对方的内心深处。但转眼间，山野夫人趴在桌上嚎啕大哭起来。虽然竭力压抑，但撕心裂肺的哭声还是断断续续地传了出来，她窄小的肩膀也剧烈地抖动个不停。

就在这时，门开了，寄宿生走了进来。当他看清这不同寻常的场面，立即就要退出门外，但好像又想起了什么，径直走到桌子前，僵硬着脸，嘴唇哆嗦，似乎很激动。

“夫人,”他弯下腰小心翼翼地呼唤道，“不得了啦。”

包　裹

山野夫人又过了好一会儿才终于止住了抽泣，抬起了满是泪水的脸。

“刚才，有人送来一个包裹。”

寄宿生把手上拿着的细长木箱放到桌上，朝明智瞥了一眼。

这是一个很粗糙的小木箱，原本用很多铁钉钉住了，不知道是不是因为寄宿生以蛮力将它打开了，盖子已经裂开了，露出了里面用油纸包着的什么东西。

“这个包裹夹杂在下午送来的邮件里，上面没有寄件人的姓名和地址。我没有在意，跟往常一样把盖子打开了。可是……”

寄宿生只说了这么几句便连连后退，再也说不下去了。

“可是什么……”

明智在一旁追问道。

寄宿生又竭力平复了一下自己的情绪，转向明智继续说道：

“我万万没想到里面装的竟是这样的东西……本想立即报告山野先生，可他正卧病在床……凑巧明智先生您在这里，我就赶紧拿来了。”

明智听着寄宿生的解释，打开箱子取出了里面的东西。

随着油纸一层层被拆开，一条已经开始腐烂的人的手臂露了出来，散发着刺鼻的臭味。肘部切口处的黑血早已凝固。

“喂，快把夫人扶到那边去，最好别让她看到这个。”

明智迅速将手臂重新包好放回了木箱，同时对寄宿生大声命令道。

但山野夫人已经看得一清二楚了。她摇摇晃晃地站起身来，面无表情地瞪着空洞无神的双眼，脸上毫无血色。

“啊，这可不行！夫人，打起精神来！”

明智连忙上前扶住山野夫人，让寄宿生扶她回房间休息。

等他们离开之后，明智才重新打开包裹，仔细检查起来。这显然是一条年轻女性的手臂，跟M百货公司人偶身上的右手应该是一对。

明智取下放在架上的墨水瓶，小心翼翼地取下了五根手指的指纹。然后又取出三千子的化妆品瓶子，将留在上面的指纹与刚取下的指纹进行了仔细的比对。

“果然……”

明智叹了一口气，喃喃自语道。

小木箱里的手臂确实是山野三千子的。

随后，似乎想到了什么，明智再次上楼，来到了三千子的房间。在三千子的房间里一番忙碌之后，才又回到了客厅。

回到客厅的时候，明智见那个寄宿生正站在那里等他。

“夫人让我对您说，调查完之后，就请您先回去吧。很抱歉她不能出来送您了。另外，请您再考虑一下如何向警方说明情况。”

“是吗？我知道了。请转告夫人，请她不必担心。现在，我想见一见山野先生。”

“很抱歉，山野先生只要一听到三千子小姐的事就会十分激动。夫人吩咐过，尽量不要打扰他。而且夫人还特意交代了，如果可能的话，最好不要让您见他。”

“既然如此，那我就先告辞了。这个箱子请你务必保管好，警方稍后就会派人来。在那之前，尽量不要碰它。”

明智小心翼翼地拿起包有化妆品瓶子的小包裹起身告辞，寄宿生山木和侍女阿雪把他送到了玄关。在昏暗的走廊上，阿雪突然悄悄递给明智一张小纸条，走在前面的山木毫无察觉。

密　会

明智离开之后，山野夫人把自己关在房间里闭门不出，今天下午的包裹对她造成了沉重的精神打击，怎么也无法从失魂落魄的状态中恢复过来。

侍女阿雪十分担心，不时去山野夫人的房间里探视，见她总是一声不吭，好像在思考什么问题。

晚上七点刚过，山野夫人似乎准备出门。做好准备后，她走进了丈夫的房间。

山野大五郎脸色苍白地仰卧在床，两眼目光呆滞地望着天花板。

“感觉好些了吗？快点吃药吧。”

山野夫人一边劝丈夫吃药，一边观察着他的脸色，然后小心翼翼地试探道：

“我想去一趟本乡。”

“去商量什么事吗？”

山野大五郎将一张胡子拉碴的脸转向夫人问道。虽然只有两三天时间，但他看起来明显瘦了一大圈，两只眼睛里都充满了血丝。

“嗯，我一直想去一趟。如果可以的话，哪怕一个小时也好，我想抽空去一趟。”

本乡那里住着山野夫人的叔叔。双亲亡故之后，叔叔是她唯一的亲人。

“当然，你去吧。不过天已经黑了，路上一定要小心。”

山野大五郎的声音十分虚弱，而且似乎有什么心事。

“那我去去就来。”

山野夫人站起身来正要离开，突然看到地上有一张摊开的晚报。由于接二连三的打击，她竟然忘了这事，不应该让丈夫看到报纸的。

果然不出所料，甚至比之前预想的还要夸张，报纸上对M百货公司的事件大肆报道，几乎占据了整整两个版面。虽然报道中没有直接提到山野三千子的名字，但是作为当事人，很难不把近来发生的种种怪事与自己家的遭遇联系起来。

山野大五郎肯定已经看过了报道，不知他对此作何感想。山野夫人竭力想要从他的脸上看出个究竟，但他此时只是一脸茫然，完全不能说明任何问题。

山野夫人平复了一下自己的情绪，不动声色地收起摊在地上的报纸，悄悄退出了房间。

在玄关，阿雪已经准备好出门的鞋子，正等着山野夫人。

“我去一趟本乡。”

“夫人，天已经晚了，带上山木君一起去吧？”

“不用，我坐出租车去。”

山野夫人说完，独自一人出门了。

门外是长长的围墙，点点街灯发出昏黄的光，照得路上一片模糊。路上一个行人都没有。

山野夫人在昏暗中停下脚步，思索片刻，便又迈步向前走去。但奇怪的是，她行进的方向竟然与等候的出租车所在的方向相反。

来到第一个路口，她回头看了看，确定身后没有人跟着，才又加快了步伐，低头赶路。一路上，她专拣些没有路灯的僻静之处走。

又走了两三百米，一条小路直通隅田川的河堤。对岸的灯火犹如舞台上的布景，漆黑宽阔的河上，暗红色的煤油灯在几艘货船上闪烁着。

过了河堤再往前走，不多远就到了三围神社的范围内。

这时，山野夫人似乎更谨慎了，她小心翼翼地打量了半天身后的各个角落，确定没有人跟来，才转身走进了神社。

但遗憾的是，尽管如此，她仍然没能发现身后的跟踪者。自从她出门之后，侍女阿雪就一直悄悄跟在她后面。

三围神社里一片死寂，静得如同墓地一般。山野夫人在墓碑之间摸黑穿行，走到一座最显眼的大墓碑前停了下来，好像在等什么人。

“是夫人吗？”

墓碑后闪出一个人影，小声问道。

听声音是个男人，一顶鸭舌帽压得很低，一副大眼镜反射出幽幽的微光。

“是的。”

夫人轻声答道，虽然拼命控制自己，但声音还是有些颤抖。

“我没有食言吧？”

那人拄着一根很粗的手杖，紧紧地盯着山野夫人的脸。

“我可是冒着生命危险干这些的，而且无论如何，我都会干到底，哪怕还有什么更危险的事也在所不惜。好了，现在说说你的答复吧。可以答应我的要求吗？”

“还不行。现在已经无法挽回了。那个大侦探明智小五郎已经接受了我的委托，而且他好像已经看出了什么端倪。为什么不早一点告诉我？起码在我委托明智之前……”

山野夫人已经语带哭腔了。

“明智小五郎？哼哼……我可不怕他。夫人，事情发展到现在这个地步，都是你一手造成的。要不是你一直看不起我，不把我放在眼里……你只是动动嘴皮子而已，我可是要豁出命去干的。事到如今，哭有什么用？所有秘密都在我的手里，不用那么提心吊胆的。”

“可你把这事弄得满城风雨，我已经无路可走了。”

“怎么会？即便他们知道三千子已经死了，但到底是谁杀的？尸体又在什么地方？警方也好，那个明智也好，都不可能知道的。放心吧。”

阿雪躲在一块墓碑后面，把两人的对话听了个一清二楚。此时的她被一种混合了恐惧和兴奋的感觉包围着，身体不受控制地微微颤抖。

只听那男人压低声音继续说道：

“你尽可以放心，只要我不再去招惹他们，一切都会不了了之的。你今天是以什么借口出来的？”

“我说去本乡……”

“你叔叔那儿？那么再耽搁一阵子也没关系。车就在河堤上等着，来吧，跟我来。不用担心，预定的时间里一定会让你回去的。但是，如果你拒绝的话……哼哼……我就把一切公之于众，到时候会是什么后果，我想你也知道。所以，你别无选择。”

“真没想到你竟然是这样的人。表面上装得可怜巴巴的，似乎生活在被遗弃的角落里，但骨子里简直是个恶魔。”

“嘻嘻嘻……你现在才察觉？”

“唉，我已经走投无路了。只要你能守口如瓶，不管做什么我都在所不惜。”

“嘻嘻嘻……你既然都明白，早这么说不就得了。”

男人说着，当先向河堤走去。山野夫人似乎万念俱灰，顺从地跟在后面。

出了三围神社，沿着河堤走了大概五十米，有一栋破败的空房子。房子后面停着一辆熄了灯的汽车。那人站在车跟前，招手让山野夫人过去。山野夫人一过去，就被推进了后座。那人跟司机嘀咕了几句后也上了车。

汽车发动了，然后沿着没有一个人影的河堤疾驰，消失在了夜色中。

真面目

阿雪躲在暗处看着汽车疾驰而去，此时的她已经无能为力，只能先回去了。但是，她记住了两件十分重要的事：

其一，把夫人带走的那个男人的车牌号是二九三六；

其二，那个男人的声音，特别是他与众不同的走路的姿势。那姿势很像她知道的一个人。

阿雪被自己的想法吓得不寒而栗。可是，那人的声音，还有他走路时一瘸一拐的样子，确实很像那个人，就连肩膀的线条和拄着手杖的姿势都一模一样。

为了尽快向明智报告这个消息，阿雪匆忙赶回了山野家。

与此同时，载着那男人和山野夫人的汽车一路疾驰之后停在了一处僻静的街角。

“好，到了。”

汽车刚一停下，男人就催促着山野夫人快点下车。

山野夫人下车后不住地四下打量，极力想辨认出自己所在的位置。汽车似乎并没有驶出多远，但眼前的景象竟如此荒凉，好像已经到了偏远的乡村。

男人拄着手杖，拖着腿，但走起路来一点也不慢。他不再说话，也不回头看，但山野夫人别无选择，只能跟在他身后。

沿着狭窄的小巷转了几个弯，又走了大约三百米后，两人在临街的一排小屋前停了下来。那人推开一扇房门走了进去，山野夫人也脸色苍白地跟了进去。

那人甚至不想让司机知道这个地方，故意在三百米开外就下了车，又七拐八拐地走了这么远，即便阿雪记下了车牌号，恐怕也没什么用。

但是除了阿雪，还有一个人一直跟着山野夫人。

男人和山野夫人下车，消失在昏暗的小巷里之后，坐在副驾驶席上的男人也脱下大衣，连同一沓钞票递给了司机：

“多谢，一点小意思，请收下。也请代我向您的助手问好。”

是清水纹三。他下车后一直小心地跟在男人和山野夫人身后，保持着大约五十米的距离，直到看着他们走进那个小屋。然后他蹑手蹑脚地摸到小屋前，非常执着地在门前监视。山野夫人到底有什么秘密？那个男人跟她到底是什么关系？这些他都一无所知，但其中一定大有文章，所以还不能鲁莽行事。

小屋旁有一条昏暗的小巷，可以通到小屋的后门，只要在小巷里监视，不管他们从前门还是后门出来，都逃不过清水纹三的眼睛。

今晚这种化装跟踪然后暗中监视的戏码让清水纹三过足了侦探的瘾，非但一点不觉得辛苦，反而有种难以抑制的兴奋。

小屋里的男人和山野夫人又在干什么呢？

男人一进门就沿着楼梯上了二楼。因为身体残疾，他不得不手脚并用地往上爬。

山野夫人站在楼梯下看着，直到男人完全爬上二楼才跟着上了楼梯。

二楼只有两个房间，男人带着山野夫人进了稍大一点的那个房间，然后就把拉门拉上了。

“那里有坐垫，请坐吧。”

男人一边难以自抑地阴恻恻地笑着，一边在另一块坐垫上坐了下来。他的腿似乎不能打弯，所以很是费了些工夫才坐了下来。

“这里没有其他人吧？”

山野夫人坐在角落里蜷缩着身体，轻声问道。

“差不多。我雇了一个耳朵很背的老太婆，跟聋子也差不了多少，即便大声一点她也什么都听不到。”

男人说着摘下了一直压低到眉毛的鸭舌帽，露出一头蓬乱的短发。奇怪的是，这家伙一摘下帽子，就好像换了一个人。

“啊！”

山野夫人惊讶地瞪大了眼睛。

“哈哈哈……是这个吧？”男人在脑袋上抓来抓去，“是假发。看起来是不是很不一样？这点小事不值得这么大惊小怪的，后面还有更大的惊喜呢。哈哈哈……”

男人笑起来的时候，鼻子上挤出了非常难看的皱纹。随着诡异的笑声，他褪去伪装，露出了本来的面目。

“你到底是谁？难道不是我所知道的那个人吗？你是谁？到底是谁？”

山野夫人连连后退，大声惊叫。

“夫人想知道我是谁吗？那好，我现在就告诉你。”

榻榻米上的男人飞也似的跳了起来，随着“咔嗒”一声，灯熄灭了，房间里顿时漆黑一片。

山野夫人在黑暗中惊恐地瞪大了眼睛，但她知道，对她来说，守住这个秘密比什么都重要，为此，她不惜付出任何代价。正因为如此，她才会跟着这个男人来到这里。现在，不管他提出什么要求，她都只能答应了。否则，一旦他将这个秘密公之于众，后果不堪设想。而且，他已经表明了自己的态度。那个侏儒，故意把三千子的手臂和腿暴露在光天化日之下，已经成功地引起了警方和媒体的注意。

想到这里，山野夫人下定决心，无论如何也要忍耐。但是当灯突然熄灭，与那个可怕的男人在黑暗中相对的时候，一种难以言喻的恐惧感犹如电流般传遍全身，她禁不住颤抖起来。

黑暗中传来男人粗重的喘息声。

“为什么要关灯？”

山野夫人强作镇定，颤抖着声音问道。

“嘿嘿嘿……这个嘛，是为了不让你感到害怕。要是你看清楚我的真面目，说不定会当场昏死过去。嘿嘿嘿……”

男人说完，漆黑的房间里响起了一阵令人毛骨悚然的笑声。

黑暗之中，山野夫人似乎隐约看到一团黑影正向自己靠近，那粗重的喘息声也越来越近。终于，那个男人的声音又一次响起，只是这次已经近在眼前了。

“夫人，伸出手来，摸一下我的身体。”

黑暗里，男人命令道。

山野夫人不敢反抗，颤抖着把手伸向了声音传来的方向。触手之处应该是男人的肩膀。

“往下摸。”

男人继续命令道。

山野夫人强忍着恐惧和厌恶，如他所言继续向下摸去。突然，她的动作停住了，不仅是手，整个人都僵在了那里。

“嘿嘿嘿……明白了吧？”

男人似乎很得意，怪笑着说。

“你……你……”

山野夫人呼吸急促，几乎说不出话来。

“是的，是我，我就是那个侏儒！”

男人的声音里冷得没有一丝情感。

男人就是那个侏儒。此刻，他正站在山野夫人面前，与坐在地上的山野夫人差不多高。

一瞬间，山野夫人全明白了。男人今晚戴上假发、眼镜，并不仅仅是简单的化装而已，他是为了隐藏自己令人生厌的真面目。那晚在公园里，清水纹三看到的就是他；M百货公司里的神出鬼没的家伙也是他。此前她一直以为侏儒是胁迫自己的男人的帮凶，可万万没想到，这两个家伙其实原本就是同一个人。自己真是太蠢了！竟然一直都被蒙在鼓里。

“你到底为什么要这么做？”

山野夫人声嘶力竭地问道。

“当然是因为我这畸形的身体。自打出生以来，就不得不接受来自世人的歧视。你们山野家的秘密泄露到了我的耳朵里，这可是一个千载难逢的改变命运的契机。哈哈哈……”

侏儒诡异的笑声在黑暗的房间里回荡不休。

失 踪

还没有到深夜，但周围已经一片漆黑，而且寂静无声，这一带好像都是没有人居住的空屋。

清水纹三强忍着寒冷，像只壁虎似的紧贴着墙壁，死死盯着山野夫人进去的那栋小屋。他猜想山野夫人可能去了二楼，但防雨窗和窗户都关得紧紧的，一点灯光都没有透出来。

跟山野夫人在一起的那个男人究竟是什么人？

清水纹三思考着，却找不到任何使自己满意的答案。那人一定抓住了山野夫人的把柄，好像是在威胁她。说不定，这时候正在恐吓她。

想到这里，清水纹三不由得焦急起来，但考虑再三，还是觉得应该先静观其变。

就在这时候，二楼的窗口传来了女人的悲鸣。

清水纹三再也忍不住了，大步冲向小屋，动作粗野地拉开了拉门。

“有人吗？”

没有回应，小屋里静得出奇。

“屋里有人吗？”

清水纹三提高声音又喊了两三遍，还是没有人回答。顾不了那么多了，他径直闯进了房间。由于太过紧张，他竟然没有发现玄关处山野夫人的鞋子。

当他闯进一个大概是客厅的房间的时候，愕然发现里面有个满脸惊恐的老太婆。看样子她刚刚正在打瞌睡，被惊醒后还没有完全回过神来。

“喂，你是谁？找谁呀？我不认识你！”

“对不起，我在门口怎么喊都没有人回应，就……请问，山野夫人在这里吧？家里有急事，我是来接她回家的。”

“谁？主人不在家。”

老太婆答非所问。

清水纹三很快对这种驴唇不对马嘴的问答失去了耐心，不再理会老太婆，粗暴地逐一打开为数不多的拉门，想要找到山野夫人。然而一楼除了这个老太婆什么人都没有。

他不理会老太婆的劝阻，径直冲上了二楼。还摆出了防备的架势，以防遭到楼上人的偷袭。但二楼一个人也没有。楼上只有两个房间，稍大一点的房间亮着灯，虽然光线昏暗，但可以清楚地看到里面的东西摆放得整整齐齐，不像有人待过的样子。

清水纹三愣在了当场，刚才的冲劲儿荡然无存，一时不知该如何是好。

“你这人也太不像话了！我明明已经告诉你主人不在了……”

老太婆气喘吁吁地跟了上来，不满地大声斥责道。

“可是，我的确亲眼看到他们进来了。奇怪……你撒谎！”

清水纹三说完，又把所有的壁橱都打开检查了一遍，还是一无所获。

这可真是怪事！自己一直在小巷里目不转睛地盯着这里，不管是前门还是后门，只要有人出来，一定逃不过他的眼睛的。可是，山野夫人怎么会不见了呢？

清水纹三只觉得自己如坠五里雾中，甚至有些恍惚起来。细想起来，类似的情形在这次的事件之中已经不止一次发生了。山野三千子也是在自己的房间里凭空消失的；之前自己跟踪的那个侏儒一进入养源寺也不见了踪影；现在，山野夫人和那个男人又不见了……

物　证

第二天早晨，清水纹三茫然地出现在山野家的大门前。昨晚的事情就像那晚在公园遇到那个侏儒时一样，他已经弄不清自己是不是做了一场噩梦了。

不知道为什么，他似乎觉得山野家跟之前有点不太一样。院子里的碎石路上丢着垃圾，玄关外也积满了灰尘，二楼的防雨窗只打开了一半。总之，一切都显得有些凄凉和凌乱。

出门迎接自己的寄宿生山木也是脸色苍白，无精打采。清水纹三此时最关心的是山野夫人是不是失踪了。

“夫人呢？”

清水纹三朝里窥视，小声问道。

“夫人不在。”

听到山木的回答，清水纹三吓了一跳。

“什么？这是什么时候的事？”

山木一脸疑惑地看着清水纹三。

“她昨晚就没有回来吧？”

“什么？不，夫人刚刚出门，去明智先生那里了。”

“去明智那里？那她昨天晚上一直在家吗？”

“不，夫人昨晚去了本乡的亲戚家。”

“什么时候回来的？”

“九点左右。”

九点，那时自己还在昏暗的小巷里监视呢。清水纹三越来越糊涂了，在自己万无一失的监视下，山野夫人是怎么脱身的呢？这根本难以想象。看来，昨晚的事情真的又是一场噩梦。

无论如何，要先见一见山野夫人。清水纹三做出了决定。

“山野夫人现在还在明智那里吗？”

“她刚出门不久，现在应该还在。”

“有没有什么别的事情发生？”

清水纹三正准备告辞离开，突然又停住了脚步问道。

“没发生什么事情。”

“山野先生的病情怎么样？”

“看上去不太好，一直在发高烧。从今天早晨开始，医院派来了两个护士，家里已经乱成了一团。侍女小松昨晚说去看医生，到现在还没回来。”

“小松？是不是就是因为头疼一直在房间里休息的那个？”

“是的。我们给医院打了电话，又派人出去找，可到现在还没找到她。警察一大早就来了，夫人忙得不可开交。”

“警方找到什么线索了吗？”

“没有，什么线索也没有。明智先生告诉了他们包裹里的手臂的事，他们派人来调查过。直到发现M百货公司事件与三千子小姐的失踪有关后，他们才对三千子小姐的事动了真格的。但是这么一来，就再也无法对山野先生隐瞒了。得知真相之后，他的病情又加重了。山野家真是太惨了。现在连我们这些下人也寝食难安。”

山木眉头紧锁，絮絮叨叨地发泄着自己的担心和不满。

清水纹三见已经不能从山木这里得到更多的信息，便告辞离开，直奔明智寄宿的赤坂菊水旅馆。一路上，种种诡异离奇的怪事在他的脑海里翻腾不休。可疑的人物一天天增多：那个侏儒、司机路屋、昨晚那个神秘的男人，以及昨晚失踪的侍女小松。还有，山野夫人的举止也很可疑。

如果昨晚的事不是梦的话，山野夫人在这次的事件中一定扮演了某个十分重要的角色。往坏的方面想，三千子不是山野夫人的亲生女儿，说不定是她用某种手段害死了自己的继女。

这个可怕的念头在清水纹三的脑海里一闪而过，马上又被他自己否定了。如果是那样的话，她为什么还要让自己带她去找日本最有名的明智大侦探，还委托他来侦破案件呢？

就在清水纹三胡思乱想的时候，电车已经到站了。幸亏乘务员大声提醒，他才没有坐过站。

一到菊水旅馆，清水纹三就在服务员的引导下直奔明智的房间，但山野夫人并不在房间里。

“山野夫人没来你这里吗？”

清水纹三一进门就迫不及待地问道。

“她刚走，你要是早来一步就能碰到她了。”

明智还是满脸微笑。

“是吗？我急匆匆赶来，还是……那后来有什么新线索吗？”

两人原本就是老相识，说话自然也就随意得多。况且此时的清水纹三正因为昨晚的行动格外亢奋，一想到自己这样的外行竟然发现了如此重大的秘密，而大侦探明智还一无所知，他竟有些飘飘然起来。

“还没有什么新的发现。”

明智并不着急。

“看来这次的案件好像很难侦破啊，就连你这个大侦探都一筹莫展了。”

清水纹三自己都被自己脱口而出的这句话吓了一跳。这么说实在是很失礼。但明智似乎完全不以为意，脸上依然挂着笑容：

“嗯，这确实是一起很难侦破的案件。听说你昨晚忙得不亦乐乎？与其问我有什么线索，倒不如先听听你的高见。看来你也不是等闲之辈啊。”

清水纹三顿时傻了眼，一张脸涨得通红。他实在想不出明智是怎么知道他昨晚的行动的。此时再看明智脸上的笑容，实在有点高深莫测的意味。

“昨晚的事，你怎么……”

清水纹三结结巴巴地问道。

“要是连这么点小事都不知道，那还怎么当侦探呢？你大概以为是山野夫人刚刚告诉我的吧？不用担心，她对你昨晚的跟踪毫无觉察。”

明智简直就像会读心术，把清水纹三心里所想的看得一清二楚。

“山野夫人近来变得缄口不语，即便一点点小事也极力隐瞒。看来她对于委托我侦破此案非常后悔。今天来找我，并不是催我尽快找到罪犯，而是想要了解我的侦查进展。”

“那么，你认为山野夫人与本案有关？”

“她跟案件有关，这是明摆着的。问题是，当初为什么主动委托我？而且既然已经委托了，又为什么到现在才开始后悔？这两个问题，我一时还没弄清楚。说不定她就是故意要把我牵涉进这个案件里。也许她极度自以为是，深信自己的秘密不会暴露。通常，女性罪犯的这种倾向非常明显。”

“如果真的如你所说，也就是说近来有什么事动摇了她的这种自信？”

“可以这么说。如果山野夫人心里有鬼，表现出这种提心吊胆是完全可以理解的。或许你以为我的侦查工作还毫无进展吧？但实际上，你昨晚干了些什么，我可是一清二楚。”

“那你说说，昨晚我都干了些什么？”

清水纹三满脸通红，仍然强撑着辩解道。

“哈哈哈……不认账也没用的。就连你昨晚乘坐的出租车牌号我都知道了。你化装成司机助手，跟山野夫人和那个男人同乘一辆出租车，车牌号是二九三六，对吗？”

“你……你昨晚埋伏在什么地方？”

“哈哈哈……你看，终于承认了吧。我猜想那人很有可能是你，刚才只是故意套你的话。告诉你一个小秘密，山野家的侍女阿雪是我的线人。这是我第二次登门调查的时候就跟她说好的。她是山野家所有用人里面最忠诚的一个，为了山野家，毫不犹豫地答应了我的请求。而且她实在很能干。昨晚她一路跟踪山野夫人，记下了出租车牌号，并第一时间打电话通知了我。有了车牌号，很容易就查到了那家出租车公司。再找到那个司机，给他一点钱，一切就都清楚了。一个长相与你十分相似的男人给了他一笔钱，要求假扮成他的助手坐在副驾驶席上，跟踪后来上车的一男一女两位乘客。等他们下车后就远远地跟在他们身后钻进了小巷里。怎么样？没错吧？

“把山野夫人带走的那个男人是个非常小心谨

慎的家伙，恐怕还是惯犯。我想，他应该不会直接在要去的地方下车，但是应该也不会太远，毕竟还带着山野夫人。据我分析，应该是中之乡O町的一栋小房子吧？”

“的确如此。明智，你连这些都知道了？”

清水纹三被明智洞察一切的火眼金睛完全折服了。

“果然不出我所料。那么索性就都告诉你吧。不过在那之前，我要先给你看样东西。”

明智说着从桌子抽屉里取出几张已经有些破损了的细长纸条，小心地抹平皱褶，按照某种顺序在桌子上摆好。

接着，他又一连取出好几样东西：在钢琴里发现的发卡、从三千子梳妆台上拿来的化妆品小瓶、带有指纹的吸墨纸、来路不明的石膏碎片、春天用的薄型网眼披肩、女人用的小手提包、一张照片，还有一双穿过的旧草鞋。

清水纹三看到这些不禁目瞪口呆。这些无疑都是本案的物证，但明智是什么时候把这些东西搜集起来的？

“怎么样，清水君，我一直没闲着吧？这些东西很快就要交到别人手上了。因为，我的朋友田村检察官将受理这起案件。当然，光靠这些东西还破不了案。但是如果能够充分加以利用的话，就不用那么手忙脚乱地到处乱跑了，坐在办公室里或许就能发现事情的真相。

“把这些物证交出去之前，恰好你来了，就顺便也让你看一下吧。毕竟你既是这起案件的介绍人，又是个热心的业余侦探。不过，关于这些物证的判断，我不会多说一句话。你也知道我的习惯，在彻底侦破案件之前，我是不会做任何不完善的猜测的。”

明智摆弄着那些东西，脸上又露出了高深莫测的微笑。

“从哪一个开始呢？”明智似乎很高兴的样子，“对了，刚才说到O町的那栋小房子，你好像格外吃惊。那么就请你先看看这封信吧。”

信

明智让清水纹三看的只有半张信纸，不仅被撕成了碎片，还有多处烧焦的痕迹，上面的文字断断续续，很难明白确切的含义。

> 根据你的委托埋葬了……就我和路屋君等三个人……希望好好商量……乡O……六三村田……后务必烧毁……

“我之所以能猜出你昨晚去的地方，就是因为这上面的‘乡O’。整个东京只有中之乡O町的街名中有这两个字连在一起。而‘六三村田’只能认为是门牌号的一部分。”

“原来如此。”

“我去那里调查，很容易就找到了写有村田门牌的那栋小屋。里面有一个耳朵很背的老太婆。”

“果然有那么一个老太婆。”

“她告诉我她是被人雇用的，主人是个公务人员，也不知是真是假。至于叫村田的家伙，自始至终没有露面。我对那栋小屋进行了调查，发现了很多重要的线索。”

“你是说那栋小屋？”

“嗯，我想这次案件中应该还有一个可怕的人物，让整个案件变得更加复杂。但那家伙并不是真正的杀人凶手，真凶应该另有其人。因此，在找出真凶之前，我们必须先弄清楚那家伙的真面目，否则很可能打草惊蛇，放跑了真凶。”

明智的这番话兜兜转转，听得清水纹三越发焦躁起来。

明智说的那个人无疑就是昨晚将山野夫人带走

的家伙。很明显，山野夫人受到了那人的胁迫。但如果那人不是真凶的话，难道被胁迫的一方，也就是作为三千子继母的山野夫人才是真正的凶手？

清水纹三觉得，如果顺着明智的思路，也只能这样分析。

明智肯定也在怀疑山野夫人，但暂时还不能断定她就是凶手。

“这信是哪儿来的？”

清水纹三觉得搞清楚信的来源或许有助于理清思路，说不定能有什么新的发现。

“是阿雪给我的。收信人是山野夫人。山野夫人按照上面所说，看完就撕掉扔进了火炉里。阿雪恰巧看到了这一幕，幸好当时炉火不旺，她就偷偷地把剩余的这些捡了出来。虽然信封已经很遗憾地烧成了灰烬，但剩下的这些也已经为我们提供了足够的线索。”

“如果收信人是山野夫人，那么信上所说的‘根据你的委托’，应该就是山野夫人的委托了？而‘埋葬’的，说不定就是三千子的尸体。另外，

‘就我和路屋君等三人’的第三个人，难道也是山野夫人？”

清水纹三觉得这似乎验证了自己的怀疑。

“嗯，可以这么推测，但还不能肯定。如果就此断定凶手就是山野夫人，未免太武断了。”

明智意味深长地笑着说。

“可……还有其他的解释吗？”

“如果要断定山野夫人就是真凶的话，还需要其他证据。”明智镇定自若，“这披肩、手提包，还有这双草鞋，据说都是三千子离家出走时随身携带的东西。但是这三样东西，是阿雪在山野夫人的房间里发现的。”

“也就是说，山野夫人伪造了三千子离家出走的假象，把这些东西藏了起来。这样一来，她的嫌疑就更大了，难道不是吗？”

新的物证更加坚定了清水纹三的怀疑。

“也只是可疑而已，还不能断定她就是凶手。”明智敷衍道，“你这么怀疑山野夫人，为什么不能试着反过来考虑一下呢？首先，是山野夫人主动委托我侦查这起案件的。这一点我之前也提到过。即便这真的是她自以为是的胆大妄为，但没有确认信件完全销毁就匆匆离开，还把重要的物证留在自己的房间里，这些跟抹去钢琴上的指纹、将尸体藏到垃圾箱里运出去的行为模式完全不同。虽然不能保证罪犯自始至终不露出任何蛛丝马迹，但类似这样的疏漏也实在太说不过去了。”

明智说完，盯着清水纹三看了一会儿，又说起了一件令人意想不到的事情。

“确实，对山野夫人不利的证据一个接一个地出现，这也是其中之一。”说着，他拿起桌上的一块石膏碎片，小心翼翼地避免自己的指纹沾在上面，“这也是在山野夫人房间的壁橱里找到的，用一块方巾包着藏在了小衣橱后面。这里只是一小块碎片，那里原本有一个一尺左右的破损的石膏像。”

清水纹三不明所以地看着明智。

“只是这样的话大概很难说清楚，看来有必要先研究一下这个发卡。”

明智拿起在钢琴里发现的发卡。

“在放大镜下可以清楚地看到，这枚发卡的前端弯曲得很厉害，好像被什么坚硬的东西敲打过，而且弯曲的部分还沾有白色的粉末。再进一步仔细观察后，发现上面还附着有暗红色的类似血迹的东西。瞧，就是这里，看见了吧？”

明智把发卡递到清水纹三面前，指着弯曲的前端让他看。

“我将上面的粉末刮下，请专业人士检查，结果发现，白色的粉末是石膏，暗红色的则是凝固的人血。因此，很有必要确认一下山野家是否有石膏像。这个只要问一下阿雪就很容易搞清楚。她说三千子的书房里就有一个石膏像，而且配有一个十分厚重的底座。用它来行凶的话，即便没有击中要害，也很容易把人砸晕，甚至置人于死地。在山野夫人房间的壁橱里找到的石膏上粘有血迹，很有可能是因为石膏像的底座猛击受害人的头部导致了被害人的死亡。那石膏像很有可能就是这起凶杀案的凶器。”

“你刚才不是说仅凭这些，还不能断定山野夫人就是真凶吗？”

“我只是认为现在就下结论的话还过于草率。这次的案件看起来好像非常简单，但实际上错综复杂。就说那个侏儒吧。那家伙一会儿拿着一条手臂到处乱窜，一会儿把死人的手装到百货公司的人偶身上，这些都是非常不合常理的行为。这些姑且不论，如果凶手真的是用石膏像作为凶器行凶，又把尸体藏在钢琴里，实在很难想象这次的凶杀案是早有预谋的，恐怕对于凶手来说这也是一次意外。这种意外恰恰给案件的侦破造成了巨大的阻碍。有预谋的犯罪总会留下种种蛛丝马迹，只要沿着这些线索追查下去，总能够水落石出。但这次，实在很难理清头绪。”

照　片

“可是，所有这些证据不都指向了山野夫人吗？”

“稍安勿躁，我还没说完呢。你先看看这张照片。这是从山野夫人那里拿来的三千子的近照。我想通过这张照片，可以大概想象出她是个什么样的女人。”

明智从桌上拿起那张照片，一边端详着一边对清水纹三说。

那是山野一家的合影，山野大五郎坐在中间，所有的用人也都在其中。

“我特意要来这张合影，是因为我不但想看一下山野三千子的模样，还想知道司机路屋到底长什么样子。从那封残信可以知道，路屋和这次的案件有着某种关联。通过照片上的这张脸，可以发现很多东西。一个人过去的所作所为和性格脾性，都能从脸上表现出来。对这些详加分析，就可以解开一个个谜团。”

听明智这么说，又感受到他投向自己脸上的锐利目光，清水纹三不由得低下了头，仿佛有什么事情不想被明智从自己的脸上看出来。

“你看山野三千子的这张脸，包含着很多信息。这张脸太过刻意，简直像是人工雕琢出来的。不管是发型还是妆容，都太过做作了。平时的山野三千子绝对不会是这个样子了。这完全就是一张登台表演的脸。”

“经你这么一说，确实会有这样的感觉。”

“山野三千子身边是侍女小松。这两个人形成了十分有趣的对比。跟三千子相反，小松的发型、表情都毫无特色，完全是一副典型的用人形象。她好像有点近视，戴着眼镜。”

清水纹三不知道明智为什么又扯到小松身上来了，但他突然想起，小松好像失踪了。难道，明智在怀疑她？

“你已经知道小松失踪了吧？”

清水纹三问道。

“嗯，是山野夫人告诉我的。关于这个问题，我有一个想法，说不定这次案件的主角就是这个女人。”

明智一边说一边搔着头发，似乎颇为兴奋。

果然是那么回事，明智在怀疑小松。对于小松来说，三千子是她的情敌，只是因为她一直以来都表现得十分温顺，大家才会一直都没有怀疑到她身上。但是如果说作案的动机的话，没有人比她更充足了。

明智把照片放回桌上，又转向了那些化妆品瓶子和吸墨纸。

“你大概已经从山野夫人那里听说了吧？我取了M百货公司人偶身上的手臂和另外一只邮寄到山野家的手臂的指纹，与山野三千子的指纹进行了比对，结果完全一致。这些就是证据。”

清水纹三这才注意到，摆放在桌上的化妆品瓶子光滑的表面上似乎布满了黑色的斑点，那是为了让指纹更清晰地显影而撒上的黑色粉末。

“山野三千子似乎很爱打扮，化妆品多得令人难以置信。不过有些化妆用品本身就很难留下指纹，而且房间又打扫过，原本最容易留下指纹的镜子或者抽屉把手之类的地方也什么都找不到了。好在这些瓶子上的指纹已经绰绰有余了。”

明智小心翼翼地将那些化妆品瓶子逐个拿起，郑重其事地以某种顺序摆放在桌面上。

“这都是些很普通的国产化妆品，很便宜，似乎是山野三千子随便买的，没什么特别的讲究。唯独这个是进口的。当然，也不是什么高档货，只是油脂含量比较高的雪花膏。”

明智饶有兴致地把玩着雪花膏瓶子。

“这上面没有指纹吗？”

清水纹三突然察觉到了什么。

“嗯，瓶子外面擦得很干净。但是，里面的雪花膏上留下了一个完整的指纹。”

明智说着，露出了一种小孩子脸上才会有的洋洋得意的表情。

最后一件物证是吸墨纸，上面除了山野三千子的指纹，没有其他值得注意的地方。这张吸墨纸显然已经用了一段时间，上面模糊的文字多有重叠，非常不清楚，看不出到底是什么内容。

“好了，我手头上的所有物证都给你看过了。现在，轮到你说说昨晚的发现了。”

明智把桌上的所有物证重新收好，催促清水纹三道。

“可是，要说的你都已经知道了啊。”

话虽如此，清水纹三还是一边搔着脑袋，一边简明扼要地叙述了山野夫人和那个男人在那栋小屋里凭空消失的事。

这件在清水纹三看来不可思议的怪事似乎完全没有引起明智的兴趣。他一副索然无味的样子，漫不经心地听着。突然，他似乎想起了什么，问起了另外一件完全不相干的事情。

“你觉得山野三千子的脸色怎么样？虽然照片上看得不是太清楚，你觉得她的脸色是那种健康红润的吗？虽然并未听说她身体虚弱，但总觉得她给人一种病态的、颓废的感觉，脸色灰白。只不过她用化妆品巧妙地掩饰了过去。”

清水纹三莫名其妙地看着明智，实在不知道他为什么会突然提到这个问题。

明智似乎已经把自己想说的都说完了，也不管清水纹三是不是还有什么疑问，便以一副诸事皆了的口气喊女佣倒茶。

又坐了一会儿，清水纹三起身告辞，离开了旅馆。

坐在电车上，明智刚才出示的种种证据和接二连三提到的可疑人物在他的脑海中不断闪过。除了化妆品和吸墨纸上山野三千子的指纹，不管是发卡、石膏像，还是披肩、手提包、草鞋，所有的证据都对山野夫人不利。而且，她不但将可疑的信件投入火炉销毁，还跟可疑的男人在墓地中密会。不管怎么看，她都是最可疑的。

尽管明智一再强调还不能断定山野夫人就是真凶，但清水纹三无论如何也不能把这种想法从自己的脑海中抹去。他把刚才提到的可疑人物逐个分析，想象着他们可能的杀人动机。

可疑人物一共有五个。其中侏儒和昨晚把山野夫人带走的男人最让人捉摸不透。司机路屋在案发之后就请假回了老家，刚才看到的那封残信里也提到了他的名字，非常值得怀疑。然而，这三个人似乎都不是杀人凶手。从目前的证据来看，找不到他们的杀人动机。与之相反，山野夫人和侍女小松各自都有杀死山野三千子的动机。山野夫人是三千子的继母，两人关系向来不好。小松则是被三千子横刀夺爱，自然怀恨在心。但问题是，一向温顺的小松真的有那种胆子去杀人吗？而且如果真的是她，为什么直到昨晚才逃走呢？这样看来，最可疑的果然还是山野夫人。

侏儒

凌晨一点，浅草公园里已经没有了游人。白天的热闹更衬托出了此时的冷清。特别是仁王门右手的五重塔、经堂、佛像一带，从傍晚开始就几乎看不到什么人了。宽阔的公园里，这里仿佛是特意留出来的一角，格外的昏暗和冷清。

在这片“异域”之中，有一棵被奉为神树的大树，树枝向周围伸展，笼罩了一大片地方。远处的灯光几乎连五重塔的正面都照不到，位于塔背面的这棵大树下就更是一片漆黑了，简直就是公园里的一处魔地。就连巡逻的警官也很少路过这里。

这天夜里，天空中星月无光，大树下比平时还要阴森黑暗，偶尔传来几声夜鸟的啼叫，更增添了几分凄凉的气氛。

“喂，老兄，喂，还在睡吗？”

树下响起一个含混不清的声音。紧接着，一块脏兮兮的破草席下有什么东西动了起来。原来在草席下躺着一个流浪汉。

“起来了吗？”

不知从什么地方传来另一个声音。

“会不会太晚了？但愿那些家伙别把事情搞砸了。”

“没关系，已经习惯了。再睡一会儿吧。”

只是这几句不明所以的问答，树下就又没了声音。

乌云压顶，一丝风也没有，一片死寂。就在这可怕的寂静中，突然传来了隐隐约约的咯吱咯吱的声音，时断时续地持续了足有十分钟。五重塔的大门被徐徐地打开了，从漆黑的大门里，悄无声息地走出两个青年。

“谁？原来是你俩。又干什么好事了吧？”

草席又动了，只听刚才的声音小声道。

“不怎么好，今天收成不好。”

两个青年向树下的破草席走来。

“我就算了，别忘了定公的那一份。”

另一个声音说道。

仔细看去，大树根部有一个比夜色还黑的树洞，里面不知道藏了多少人。

“放心好了。看，就这三个。累死了，出来透口气。我看今晚就到此为止吧。”

原来他们趁夜把塔里贵重的金属零件偷出来卖掉，以此维持生计。浅草公园里居然有这样的盗贼，而且就连数百米之遥的派出所的警察都毫无察觉。

突然，传来夜鸟的啼号。

“喂，是信号，危险，有危险。”

草席后一个声音低声说道，随即一阵窸窸窣窣的声音，青年们立即返身藏到了塔门后。当巡逻警察的脚步声越来越近的时候，树下已经没有了任何动静。只是，他们虽然躲过了巡逻的警察，却对黑暗中另一双一直注视着他们的眼睛毫无察觉。

塔廊下，一个青年毫无声息地看着他们的一举一动。

“老兄，好久不见了，又到哪儿发财去了？”

等到巡逻的警察走远，草席下又有人说话了。

“嗯，确实有点忙。不过最近最好还是收敛一点。难得今天见面，我想看看那红色的东西。”

树洞里的声音答道。

“这可真是报应啊……断手那件事应该已经平息了吧？”

“嘻嘻嘻……你还记得啊。既然这样，那我就告诉你吧。现在，整个东京都在议论这件事，简直是一片哗然。今天的报纸上，整整三个版面都是关于这件事的报道。而这些，都是我的杰作，真痛快啊！”

“这么厉害？”

“何止厉害！我跟你说了之后你可要保密啊。我把那人的一条腿扔到了千住的水沟里，另一条腿扔到了公园的水池里，把一只手装在了M百货公司的人偶身上，另一只手装在包裹里寄到了某个人的家里。嘻嘻嘻……”

树洞里的家伙若无其事地谈论着这些耸人听闻的事情，还一副乐不可支的模样，不时发出诡异的笑声，其间还夹杂着咯吱咯吱的咬牙的声音。

跟他对话的人大概是被吓坏了吧，许久都没再吭声。

“喂，你不会说出去吧？要是那样的话，下一个倒霉的就是你！”

树洞里的家伙威胁道。

“我怎么会说出去呢？我们都是一路人，况且，我不是还要仰仗老兄你的关照吗？”

“知道就好。定公，我这也是迫不得已。你也知道，我天生就是这副模样，打小就受尽了别人的歧视。我痛恨那些生活幸福的家伙，一看到他们无忧无虑的样子就气不打一处来，恨不得生吞了他们。我相信你，才会对你说这些。在天谴降临之前，只要有机会，我还是要报复这个社会的。”

咬牙切齿的声音之后又是一阵沉默。

“喂，老兄，你听，是警笛声，好像朝这里来的！”

仔细听，果然有警笛声由远而近。

“定公，这里没其他人吧？”

“没有。”

恶魔终于从树洞中探出了身子，竟然是个侏儒。他先是警惕地环视了一下周围，随即以一种与身形完全不相称的敏捷飞快地爬上了大树，在枝杈间闪转腾挪，一眨眼就消失在了浓密的树叶中。

“烧吧！烧吧！虽没有风，但看这架势，烧掉十来家人的房子应该没有问题。”

树上传来侏儒恶魔般的诅咒。

着火的地方紧挨着公园，消防车从四面八方驶来，警笛声有远有近，交织在一起。树上的侏儒幸灾乐祸地狂笑着，恐怖的笑声在黑暗的夜空中回荡着，经久不息。

不一会儿，一阵窸窸窣窣的声音由远而近，两个肮脏不堪的流浪儿慌慌张张地跑到了大树下。

“是你俩干的？”

草席下的声音问道。

“当然！”

一个流浪儿颇为得意地答道。

“真他妈的痛快！”

另一个流浪儿补充道。

只听树上一阵沙沙作响，那侏儒已经如猿猴一般身手敏捷地跳到了地上。

“好，好，干得太漂亮了！拿去，这是给你们的奖赏。”侏儒从怀里取出几张纸币，递到了流浪儿的手上，“好了，快回去吧。”

“定公，我去看看热闹。”

说完，那侏儒转身消失在了夜色中。

塔廊下的青年见状，为了不被察觉，悄悄从另一侧退出，跟在侏儒后面也离开了。

跟 踪

来到大街上，虽然已是深夜，但看热闹的人依然不断从四面八方蜂拥而来。

也有许多人站在屋檐下，远远地眺望被大火映红的天空。

侏儒和跟踪他的青年混在人群里，不停地跑来跑去。在这种乱作一团的时候，没有人注意到侏儒的存在，跟踪他的青年也不必担心被察觉，可以近距离地跟在侏儒身后。

大火自合羽桥车站蔓延到了清岛町后街。现场维持秩序的只有五六名警官，根本顾不过来，因而看热闹的人可以随意接近火场。

正在燃烧的是一处木结构公寓，已经有五六户人家着了火。现场除了水泵吸水的声音和消防员的喊叫声外，几乎没有其他声音。

黑压压的人群你推我搡地挤在一起指指点点，却没有人什么人大声喧哗。

由于没有风，火苗几乎是笔直地朝上蹿，火星不断掉落在围观人群的头上。一条条水柱此起彼伏地冲向升腾的火焰。

因为水管漏水，路上变得泥泞不堪。消防员们来回奔跑着忙着救火。侏儒混迹其间，兴高采烈地到处乱窜。那张怪异的大脸被火焰映得通红，脸上几乎只能看到一张大嘴——他在笑——那模样让人不寒而栗。

跟踪他的青年混在人群里，一刻也不敢放松地紧盯着侏儒的一举一动。火光映在那青年的脸上，可以看出他有些紧张。

又过了一会儿，火势逐渐得到控制，看热闹的人们见状也三三两两地离开了。现场的人越来越少。

侏儒刚才一直在四处狂奔，早已累得筋疲力尽了，但看样子似乎又无比满足，此时也混在人群里沿着来路匆匆返回。当然，那青年依然跟在他后面。

侏儒在昏暗的街道上穿过一个又一个屋檐，就像只巨大的老鼠一般。对于身有残疾的他来说，那速度实在可以称得上惊人了。而且因为他个头跟孩子差不多，又穿了一身黑色的衣裤，稍不留神，就有可能让他从眼皮底下溜走。

青年此时要跟踪他比刚才可难多了。

侏儒一路净拣些昏暗的小道，穿过公园，经过吾妻桥，在错综复杂的街巷中转了好几个弯，最后来到一栋房子前，消失在了格子门后。

那房子有些古怪，格子窗的一部分被改造成了橱窗，里面摆放着三四个硕大的人偶脑袋：有眼睛涂成金色的赤鬼，有对着窗外大笑的大黑天，有脸色苍白的美女……它们在朦胧的夜色中，在沾满灰尘的玻璃橱窗里，看起来就像是古董。

其他商家早就已经打烊了，只有这个破败的

橱窗里还亮着昏暗的灯光，给人一种远离世事的凄凉感。

跟踪侏儒的青年远远地看着这栋房子，他根本没想到侏儒会进到里面去。看了好半天，他才看清了门牌上“人偶师安川国松”的字样。

侏儒进门后长出了一口气。今晚他有些过于兴奋了，不由得有点得意忘形起来，竟然一直没发现有人在跟踪自己。

门后是狭长的走廊，两侧都是宽敞的榻榻米房间，像老式商店那样并没有拉门。可以看到房间的角落里堆满了大大小小的箱子和制作人偶的各种工具。正面的八角挂钟下边，有一个大得惊人的土制裸体人偶，双眼圆睁，看起来就像是个威武的哨兵。乍一看，甚至会觉得那是个大活人，正盯着你。

房间里的东西看起来都有些年头了，就连榻榻米也已经变色了。只有那个人偶看起来出奇的新，肌肤还透着红润的光泽。

侏儒打开走廊尽头的门，朝后门的一个小院子走去。

“谁？”

旁边的拉门里，一个睡得迷迷糊糊的声音问道。

“是我。”

侏儒答道，同时脚下不停，仍径直向后门走去。

拉门里的人似乎并没有要阻止他的迹象。就这样，侏儒消失在了院子深处的黑暗里。

一路跟踪而来的青年又等了一会儿，见侏儒没有再出来，就大着胆子走上前去，从门缝中向里窥探；又绕到房子后面查看；还掏出笔记本，把这房子的详细地址记了下来。做完这些，他又执着地在附近徘徊了近两个小时，直到东方的天边泛起了鱼肚白，才终于死了心，拖着疲惫的双腿离开了。

过了吾妻桥，青年似乎突然想起了什么，走进公共电话亭，翻看着笔记本拨通了赤坂菊水旅馆的电话。

“是赤坂菊水旅馆吗？……对不起，这么早就吵醒了你们。明智先生在吗？……我有急事……大概他还在睡觉吧？能不能请你们把他叫起来？……

我吗？就跟他说是小林就可以了。”

跟踪侏儒的青年正是小林芳雄，明智小五郎的得力助手。他焦急地来回踱着步，只希望明智能快点接起电话。

收　网

清水纹三拜访明智之后又过了三天。其间又发生了一些十分重要的事。根据明智提供的情况，警方把侍女小松作为犯罪嫌疑人，展开了大搜捕。因为路屋请假回了大阪老家，警方估计她很可能也去了大阪，于是除了派出刑警赶往大阪，还向大阪警方发出了协查通告。但是连续搜查了好几天，既没有发现路屋，也没有任何小松曾经来过的迹象。至于其他情况，就更是一无所知了。

由于在壁橱里发现了多件物证，警方传讯了山野夫人，但她一口咬定对这些东西一无所知。

“一定是有人要陷害我，才把这些东西放在我房间的壁橱里的。”

她的说法也不无道理。如果她真是罪犯，就很难理解她为什么主动寻求警方的帮助，而且还委托大侦探明智侦破此案。不仅如此，山野夫人还有一个有力的证人，就是卧床养病的山野大五郎。

“我夫人山野百合子，那天晚上一直和我在一起。”

这样的证词使得对山野夫人的怀疑暂时被搁置了起来。

在清水纹三看来，仅凭山野大五郎的证词还不足以洗清山野百合子的嫌疑。关于中之乡O町那栋房子，他只字未提。不知为什么，明智也一直保持着沉默。于是，警方对山野夫人和那跛脚男人的密会似乎一无所知。

最近一段时间，山野家的案件成了新闻媒体争相报道的热门话题。特别是M百货公司的离奇事件简直是闻所未闻。被害者是年轻女子，凶手是什么人毫无头绪，还有一个侏儒牵涉其中，自然很容易成为街谈巷议的热点。

随着事态的发展，山野家的人承受的压力越来越大。尤其是山野大五郎，痛失爱女的打击使他的病情不断加重。让人意想不到的是，就在这样的情况下，山野夫人又一次提出要去本乡的叔叔家。

得知这一情况后，清水纹三给山野夫人的叔叔家打去了电话核实。山野夫人当然没有去，显然这一次她也是去见那个男人了，而且竟然是在大白天。

“她一定是去了中之乡O町的那栋房子。”

清水纹三这样想着，只是不知道她是不是还是像上次那样，受到了那个男人的胁迫。但是想起那天晚上莫名其妙地被人蒙在鼓里，他已经没有再追过去一探究竟的劲头了。

“不如干脆去拜访一下明智。已经三天没有见他了，说不定他又有了新的进展。而且之前他一直有所隐瞒，没准他已经知道了那栋房子的秘密。”

而且，清水纹三希望可以从明智那里探听到山野夫人在这次案件中扮演的角色。

来到赤坂菊水旅馆一问，明智正在房间里。清水纹三觉得不可思议，大侦探到底什么时候外出侦查呢？

“来得正好。”

清水纹三跟在女服务员身后走进房间的时候，明智还是一脸微笑。

“山野三千子的案子已经大致有了眉目，我也正想告诉你呢。”

“你是说已经知道凶手是谁了？”

清水纹三惊讶地问道。

“是啊，其实早就清楚了。只是由于某种原因，一直没有对外公布。再过一会儿我就要出门参与抓捕行动了，警视厅的警官马上就到，来接我一起出发。负责这次行动的中村警部是我的老朋友了，所以这次行动，可以说我是在暗中指挥。这次的罪犯是极其罕见的心理变态的恶魔，是我们这个社会难以容忍的恐怖存在。”

“是你上次说的那个侏儒吗？”

“就是他！那家伙不光身体畸形，而且心理扭曲。你看过斯蒂文森的小说《杰克博士和海德》吗？白天扮作正人君子，一到夜里便凶相毕露，到处杀人放火、盗窃抢劫，可以说无恶不作，把人们的痛苦当作乐趣，幸灾乐祸。”

“这么说，山野三千子是那个侏儒杀的？”

“不，他不是凶手。上次我也说过，凶手另有其人。但那家伙比凶手更残忍。别的事情都可以先放到一边，一定要先把那家伙绳之以法。之前一直没有动手，就是在等杀害山野三千子的凶手现身，不能让那人望风而逃。不过现在已经没有那种顾虑了。”

“那人到底是谁？”

清水纹三屏住呼吸问道。山野夫人微笑的美丽面容在他眼前掠过。

这时，女服务员进来了，递给明智一张名片。

“哦，是中村警部他们来了，我必须马上出发。清水君，你也一起去吧。还有什么话，可以在车上谈。”

明智说着，已经起身开始准备出发了。

警视厅的警车就停在菊水旅馆门前，除了中村警部，车上还有两名便衣刑警。明智带着清水纹三上了车。

“按照你的要求，我已经让原庭署方面也做好了准备。不会有什么危险吧？”

中村警部一见到明智就开门见山地说道。

“现在还很难说。虽然那家伙身有残疾，却像是地狱里爬出来的恶魔，简直不能称之为人。别看是个侏儒，身手却格外矫捷，爬起树来比猴子还要利索。而且，他不是一个人，还有同伙。”

明智答道。

“那家伙会不会已经逃走了？你安排在那里监视的部下不会让他跑掉吧？”

“放心吧，我的部下分三路严密监视，都是可以信赖的人。”

警车发动之后，明智转而跟坐在旁边的清水纹三攀谈起来。

“现在要去的地方，就是中之乡O町的那栋房子。后来你又去那里调查过了吧？那里原本是一个秘密聚赌的窝点，虽然赌徒们都很清楚，但附近的居民却一点也不知道。通常这种地方都会有以防万一的秘密通道，万一遇到警察搜捕，就可以从秘密通道里逃之夭夭。”

“原来如此。那么，那栋房子的秘密通道是通向哪里的呢？”

“通往养源寺后面。入口就在二楼房间的壁橱里。不知你是不是已经察觉到了，养源寺在中之乡A町。A町与O町正好背靠背。也就是说，那条秘密通道把A町的养源寺和O町的那栋房子连在了一起。虽然绕路的话足有两三百米，但如果走秘密通道，就像在隔壁一样。”

“的确是背靠背啊，我竟然一点都没有察觉。”

“那家伙还有另一条逃跑的路线，也是在A町养源寺墓地后面背靠背的一个地方，一家人偶店。那家伙经常在这家店出入。也就是说，那家伙在三个不同的地方都有出入口，所以才能一直神出鬼没，没有暴露他的真实身份。”

“这么说，寺院里的和尚和那个人偶师傅都是侏儒的同伙？”

“还不止如此呢。”

明智还是像过去一样，说话不紧不慢，让人听了着急。

“因此，我们今天同时在三个出入口展开围剿。”

“那么，上次和山野夫人一起去O町那栋房子的男人到底是谁？多半是他的同伙吧？”

“那男人跛脚吗？”

“是的，是跛脚。”

“那就是侏儒！你还记得他的模样吗？”

“当时光线很暗，而且他的鸭舌帽帽檐压得很低，鼻梁上又架着大眼镜，根本看不清长相。不过，侏儒怎么会有那么高？”

“问题就在这里。这也是那家伙干尽坏事却始终没有暴露的原因。那家伙只在晚上以侏儒的模样出现，一到白天就变成了普通人。”

“这怎么可能呢？”

“据说他小时候两条腿动过大手术，都装了假腿。他只是两条腿特别短小，身体的其他部分跟普通人没什么区别。”

“假腿？这实在是太荒唐了！”

“就是因为太过荒唐，反而很安全。要不是亲眼所见，我也很难想到。详细的情况你马上就能亲眼见到了。而且，只有你见过那家伙侏儒的模样，山野家的人对此根本毫不知情。从一开始，就有一个装了假腿的残疾人出入他们家。”

“那个装了假腿的人到底是谁？”

“养源寺的和尚。”

“什么？！”

清水纹三目瞪口呆，简直不敢相信自己的耳朵。然而，就在他正要追问下去的时候，警车已经在不知不觉中停在了原庭警署的大楼前。

一众警官在署长的带领下早已整装待发。一行人下车后，简单地布置了一下，便徒步向附近的O町进发了。现场的指挥权交给了明智，中村警部和署长则留在署长室统筹调度。

警官们兵分三路，分别把守养源寺、O町那栋房子和人偶商店。明智的部下早就在这三个地方分别布控了。

“接到我的命令之前，谁都不准从这里面出来，不管男女老少都不行。”

明智再三叮嘱，然后跟清水纹三和一名警官走进了养源寺。

走进养源寺的厨房，只见一个脏兮兮的老人正在灶前不知在干什么。

“你是对面点心店的老大爷吧？”

明智上前问道。

“是的。”

“寺院的住持呢？”

“在。你是谁？”

“你忘了吗？两三天前，我不是在你店里买过点心的吗？其实，我是警察，今天有公务找他。请你叫住持出来一下好吗？”

老人听明白了，转身去里面找住持。过了好一会儿，他才满脸诧异地回来了。

“没找到。他是什么时候出门的？我怎么一点也不知道……”

“是吗？那好吧。”

明智说着，不等老人反应过来，就脱了鞋冲了进去。老人被这突如其来的举动惊呆了，都没来得及阻拦。清水纹三和那名警官也跟着脱了鞋。就在这时，他突然想到，和尚不在这里，肯定是从后门去了O町那栋房子。山野夫人就在那里。只要找到和尚，就可以找到山野夫人，到时候就不只是出丑的问题了，大概还要被抓到不容辩驳的罪证。

秘　道

就在清水纹三胡思乱想之际，明智已经大步走进了佛堂。此时已近黄昏，空荡荡的佛堂里一片昏暗，几乎看不清那些褐色的草席的缝隙。粗大的木柱上刻有奇怪的图案，佛堂一角的佛像油漆已经斑驳脱落。一排排巨大的牌位、诡异的卷轴以及焚香的味道，所有这一切，散发着一种诡异的气息。不用说，佛堂里连个人影都没有。

明智仔细地搜查了每一个角落，就连各种器物的后面也不放过。就这样搜查过两三间房间后来到了院子里，石灯笼和盆栽都仔细检查了一遍。然后沿着壁板朝目的方向走去。

清水纹三和那名警官穿上放在走廊下的草鞋，紧紧跟在明智身后。

夜幕渐渐降临，墓地里已经看不太清楚了。临街的篱笆缝隙处可以看见正在外面监视的明智的部下。清水纹三不禁想起那晚自己从某处缝隙中潜入墓地的情景。

“你看，那边的壁板上有一道缝，正对着人偶商店。能不能请你先守在这里监视那边，我们先调查O町的那栋房子。”

明智对身边的警官吩咐道。警官应声而去。

O町那栋房子周围是稀稀拉拉的竹篱笆，只要愿意的话，随便什么地方都可以钻进去。

“你看这里。”

明智突然停住了脚步，指着墓地一角的一棵银杏树对清水纹三说。

只见树后不知被谁在什么时候挖了一个大洞，里面塞满了垃圾。

“这里好像是寺院的垃圾场。两三天前的一个晚上，我悄悄来过这里，翻遍了这些垃圾，还把新培过土的墓穴都挖开来看了。因为我觉得山野三千子的尸体应该就藏在这里。”明智若无其事地说道，“罪犯扮作环卫工，借着收垃圾的名义把三千子的尸体运出了山野家。但是垃圾车在吾妻桥一带不知去向了。听你说过侏儒的事情后，我就怀疑那些垃圾很有可能被运到了这里。我又在这一带打听，得知那天一大早确实有一辆垃圾车驶出了寺院。这更坚定了我的判断。没有比墓地更适合藏匿尸体的了。但我再来的时候，很可能尸体已经被转移了，什么也没有发现。”

“这么说化装成环卫工的家伙也是那个侏儒吗？”

“不，他根本拉不动那么重的车，那肯定不是他。”

两个人说着朝竹篱笆走去。

穿过竹篱笆是一截石墙。从这里开始，地势陡然升高。明智翻过石墙，走进板壁与仓库间的夹缝里。

朝前走十二三米就到了尽头，另一堵墙堵住了去路。

明智从口袋里取出一根细钢丝，摸索着插进了墙上的某个小口，然后试探着捣鼓了一会儿，只听一声轻响，大概是什么机关被打开了，一部分墙面向里打开，原来是一扇暗门。

暗门里是一条狭长的通道，仅容一人通过。他们摸索着走了进去。

清水纹三突然想起孩提时代的捉迷藏游戏，一种夹杂着恐惧与兴奋的感觉油然而生。

走了一会儿，最前面的明智转身提醒道：

“当心，这里是梯子。”

两人小心翼翼地向上攀登，尽量不弄出声响。

爬上去之后是一处狭长的空间，两边都镶着木板，宽度只够一人通过。

“这里就是壁橱的后面。”明智压低声音说道，“一定要保持安静。”

两人屏住呼吸侧耳细听，清水纹三想象着山野夫人在壁橱另一侧的情景。

过了好一会儿，房间里都没有一丝声响。就在两人准备行动的时候，只听“砰”的一声，是拉门关上的声音，然后是一个男人粗重沙哑的声音：

“百合子，没人吧？”

没有回答，不知道是山野夫人不在房间里还是她不愿回答。那个男人的声音再次响起：

“我刚才从窗口向外看了看，外面有可疑的家伙转来转去，真讨厌。听那老太婆说，之前还有一个毛头小子来过。看来这里不能再待下去了。不过那些家伙一定不会发现秘密通道。”

因为只有一层木板相隔，房间里的人说话的声音听得一清二楚。

“那还等什么？快逃吧。要是被抓住可就彻底完蛋了！”

是山野夫人的声音。

“不用担心，你也知道我的能耐吧。”

一想到这声音是那个侏儒发出的，就会让人产生一种很不舒服的感觉。

“那好，走吧。别忘了要带的东西。”

脚踩在榻榻米上的声音越来越近，一直来到壁橱的另一侧。

黑暗中，明智把手搭在壁橱背板上，悄无声息地轻轻拉开，现出了一个正方形的洞口，房间里的一丝光线透了过来。

清水纹三一想到马上就要跟对方面对面了，立即摆开了搏斗的架势。但洞口另一侧堆放着几件行李，根本看不清来人的样子。

最上面的行李被挪开了，紧接着出现一条手臂，开始移动第二件行李。明智抓住清水纹三的胳膊微微用力，示意他不要轻举妄动。

很快，行李都被移开了，借着洞口的灯光，和尚的光头暴露无遗。

在不足半米的距离上，四个人都看到了对方。

“哇！”

四个人的惊叫声同时响起。

和尚转身就跑，直冲向二楼的另一个小房间。明智一脚踢开地上的行李，紧随其后追了上去。

小房间的窗外有一个阳台，但是楼下已经安排了随时待命的警官，所以只能爬上屋顶才有机会逃出去。侏儒身手敏捷地跳出窗外，踩着阳台的扶手想要爬上屋顶。

紧随其后的明智一把抓住了他悬在半空中的脚，猛地往下拽。突然，伴着一声奇怪的声响，那只脚竟然被明智扯了下来——竟然是假腿。

对于侏儒来说，屋顶上正是最适合他逃跑的路线。挣脱明智之后，只见他挽起白色僧衣的裤脚，开始在屋顶上狂奔。

“快通知警察！”

明智对清水纹三大喊着也爬上了屋顶。

屋顶上，白衣的侏儒与黑衣的明智一前一后地飞奔。

每次跑到屋脊尽头，侏儒总能借着电线杆或者围墙爬到另一个屋顶，有时甚至一跃而过。明智对此望尘莫及，所以每每看似一步之遥的时候，他总得绕个圈子才能继续追上去。于是，两人间的距离越拉越大。

原形毕露的侏儒不顾一切地逃窜。其实警方已经布下了严密的包围网，他早已经无路可逃了。但此时此刻，他哪还顾得了这些，只是一心想要逃回人偶商店。

转眼间，公共浴室的高大屋顶挡住了侏儒的去路。走投无路的他向身后看去，只见不知从什么时候开始，追兵已经变成了两个人。再犹豫不决的话，说不定还会变得更多。

想到这里，侏儒不顾一切地蹿到了浴室屋顶上，一个踉跄之后继续逃窜。就在他好不容易跑到一处转角时，却发现一名警官正迎面向他扑来。

“站住！”

完了！被包围了！

侏儒使出最后的力气沿着排水管向屋顶更高处爬去，但就在他刚刚爬到屋脊上站稳脚跟的时候，警官同时从两侧包抄了上来。

这下真的是穷途末路了！要么束手就擒，要么跳下去粉身碎骨。

警官们越逼越近，侏儒双眼通红，慌张地左顾右盼。突然，浴室的大烟囱映入了他的眼帘。耸立在屋顶上的粗铁桶笔直地伸向空中。他猛地扑向烟囱，将他最擅长的攀爬本领发挥到了极致，一转眼就爬了上去。

警官们当然不用跟着他一起爬烟囱，他们只要守在下面，等他筋疲力尽，自然就会下来投降了。

侏儒对此当然也是心知肚明，但他可不打算放弃。三根固定烟囱的线缆从最高处分别沿着三个方向伸向地面，其中一根更是伸向了对面狭窄的巷子里。他决定放手一搏，借着线缆滑到对面。只要能逃到对面的巷子里，借着夜色的掩护，未必不能成功脱身。

侏儒开始了他最后的冒险。只见一身白色僧衣的怪物双手握住线缆，两脚用力一蹬，整个人便腾空而起，高速滑行起来。只是刚滑出几米，就听一声怪响，烟囱整个扭曲着变了形。

与此同时，线缆深深地潜入了侏儒的手掌中，犹如锉刀摩擦着他的骨头。锥心的疼痛几乎让他昏了过去，而且地面上一阵嘈杂，已经有警官沿着线缆的方向追了过去，只待他脚一沾地，就可以把他五花大绑。

侏儒终于绝望了，万念俱灰的他只觉得天旋地转，双手在不知不觉间松了开来。伴随着一声闷响，畸形的身体重重地砸在地上，侏儒当即昏死了过去。

守在下面的警官立即围了上来。

“还有呼吸！”

“快！叫救护车！”

苦　衷

清水纹三按照明智的吩咐，推开窗户大声呼喊，寻求援助。原本在四处把守的警官们听到喊声立即行动起来，但这时的清水纹三反而不知该如何是好了。到底应该跟着明智爬上屋顶，还是留在这里看守山野夫人？他一时拿不定主意。

屋顶上的喧闹声渐渐远去，楼下的老太婆也不见了踪影，一种异样的寂静笼罩着小屋，仿佛诡异的异界。

“夫人！”

清水纹三把手搭在山野夫人的肩膀上，轻声

呼唤。

山野夫人猛地坐起身来，歇斯底里地哭喊道：

“是我！杀死三千子的就是我！清水君，请你就这样对警察说，快把我带到警察那里去！”

山野夫人脸色惨白，泪水涟涟，双唇痉挛似的剧烈地颤抖着。

“不，先带我回家。我必须回家！快，清水君，快！”

她双手死死抓住清水纹三的胳膊，已经充血的双眼里满是恐惧，不时地四下张望。

清水纹三此刻既紧张又兴奋，浑身不由自主地颤抖起来，只觉得嘴里干得要命。

“夫人，你不能在这里久留，快逃吧！”

“快，快带我回家！”

“和我……和我一起逃吧！”

山野夫人过于激动，已经虚脱了，连站起来的力气都没有，颓然瘫软在清水纹三的怀里。清水纹三抱住她的身体，好不容易才下了楼梯。

那个老太婆不知什么时候已经站在了楼梯口，

正呆呆地看着他们。清水纹三一把推开她，冲出了房门。原本守在外面的警官都去追捕侏儒了。夜色越来越浓，行人也没有几个，根本没有人注意到他们两个。

两人穿过电车道，来到了隅田川大堤上。山野夫人早已上气不接下气，好几次都险些跌倒。清水纹三半扶半抱着她，踉跄前行。不知不觉间，他们来到了一个可以通向山野家的路口。

“你不能回家！现在回去，只有等着被抓。听我说，快跑吧！”

“不，我无论如何也要回去一趟。放开我！放开我……”

山野夫人有气无力地挣扎着，但清水纹三死死地抱住了她，不让她往那边去。

“夫人，你不能回去。不管去哪儿都好，但绝不能回去。好了，别耽误时间了，快逃吧！”

清水纹三拽着山野夫人，尖着嗓音极力劝说。此时此刻，他脑子里只有一个念头，无论如何得帮山野夫人一把。他几乎是拖着山野夫人沿着河堤一直朝北跑。夜越来越深了，路旁的房屋也越来越少。不知跑了多远，河堤的右边隐约可见一片密林。

清水纹三一路上几乎是在拖着山野夫人跑，此时早已筋疲力尽了。他气喘吁吁，胸口几乎要炸开了。一看到树林，来不及多想，就带着山野夫人跌跌撞撞地冲了进去。他找到一处干燥平坦的地方，让看起来只剩半条命的山野夫人躺下休息，自己则返回河边，用双手捧起河水大喝了一气。然后，他又将手帕放在水里浸湿，小心翼翼地捧着回到了树林里。

山野夫人还是以之前的姿势躺在那里一动不动。

清水纹三把吸满水的手帕凑到山野夫人的嘴边，慢慢挤出水，沾湿山野夫人干裂的双唇。

“夫人，快醒醒！”

山野夫人终于醒了过来。

“夫人，打起精神，能走吗？再坚持一下，前面就是火车站，只要坐上火车就可以离开这里了。”

“不，逃也没有用。他肯定什么都说了。”

“你说什么？要真是那样，你应该逃得越远

越好。”

山野夫人紧盯着清水纹三的脸，突然改变语气问道。

“清水君，难道你会永远站在我这边？”

“当然！为什么问我这个？”

“那好，我就告诉你吧。其实，杀害三千子的不是我，凶手另有其人。”

“什么？你说什么？凶手是谁？”

清水纹三大吃一惊。

“是山野，我的丈夫山野大五郎。所以我才想尽快赶回家，一刻也不能耽搁，让他赶快逃得远远的。”

“可是，他不是三千子的亲生父亲吗？怎么会有这种事？即便事实真是这样，但他正卧病在床，又怎么能逃得掉？更何况，山野家这时一定已经被警方包围了。”

“你说得没错。不过，那侏儒说不定已经逃走了。那样的话，秘密就不会暴露了。”

“那家伙就是以此要挟你的吧？”

“我也是被逼无奈。自从知道了事情的真相，就决心不惜一切代价保住山野家的名声和我丈夫的安全。”

山野夫人说着，伤心地大哭起来。

清水纹三在一旁半晌没有吭声，只是木然地看着山野夫人。过了好一会儿，他才艰难地开口问道：

“夫人，我还是不明白。有一封你曾经想要烧掉的信，已经落到了明智手里。就是那侏儒让你去O町的那封。那上面确实写了委托他把三千子的尸体埋葬的事，还说这件事只有写信那人、路屋和第三个人知道。虽然第三个人的名字被烧掉了，但是除了你这个收信人，又可能是谁呢？除此之外，各种证据都对你不利。比如三千子的披肩、手提包、草鞋，都是在你房间的壁橱里发现的。还有，据推测作为凶器的石膏像也在你的房间里。据此怀疑你就是凶手，也不是没有理由的吧？”

清水纹三举出许多证据。

“我根本不知道这些东西为什么会在我的房间里。是明智找到的吗？”

“不，是侍女阿雪。三千子失踪后，她就开始协助明智调查。”

“是这样啊。我一点也不知道。那封信我倒是记得，但是，连这个也已经到了明智手里了……我也是看了那封信才知道了真正的凶手是我丈夫。那侏儒说就是受他的委托处理三千子的尸体，并以此威胁我。那封信是明智接受我的委托之后才收到的。在此之前，我甚至不确定三千子是不是真的已经死了。否则，我又为什么要委托日本第一的名侦探来调查这件事呢？”

山野夫人将所有的秘密和盘托出之后，一副万念俱灰的样子，颓丧地垂下头来。

清水纹三恍然大悟，自己之前所谓的推理只不过是毫无依据的凭空想象而已，实在是让人无地自容。

姐　妹

长时间的沉默后，清水纹三突然问道：

“这么说，那封信上说的第三个人就是山野大五郎吧？侏儒就是受他的委托埋藏了三千子的尸体？”

“是的。”山野夫人点点头，“三千子失踪后，我丈夫取走了公司账户上的大笔现金。经理十分担心，就把这情况告诉了我。正常情况下，他不可能需要那么多的现金。看到那封信之后，我立即把这两件事联系了起来。说不定，那笔钱有一半是给了司机路屋。他特意跑去大阪，虽然名义上是去找三千子，但其实是为了堵上路屋的嘴，专程去送钱的。”

“路屋怎么会知道那秘密？”

“这我不是很清楚。不过我想拉垃圾车的应该就是路屋。我丈夫绝不可能自己做那种事。那侏儒就更不可能了。这样一来，知道这件事的就只有路屋了。不过事到如今，再说这些又有什么用呢？我到底该怎么办……”

“如果真是这样，我想你最好还是回去。”清水纹三为自己的幼稚和自以为是苦笑不已，“不知道那家伙是不是已经脱身了。要是那家伙从屋顶上摔下来一命呜呼，你还是尽早想好对策。无论如何，我一定会尽最大的努力帮助你。”

“太好了，拜托你了！”

又过了一会儿，两人除了树林，沿着河堤向山野家走去。

“可是，山野先生为什么要杀掉自己的亲生女儿呢？”

“山野这人在某些方面并不太像个商人。他不够圆滑，过于一丝不苟，特别是发起脾气来容易走极端。大概他发觉三千子性格散漫、品行不端，准备狠狠教训她一顿。但是三千子向来叛逆，根本不会听他的。于是矛盾激化，山野情绪激动，才会酿成了惨祸吧。还有，那个逃走的侍女小松，其实是我丈夫的私生女。别看他现在这个样子，年轻的时候也曾风流过。”

“这么说，三千子和小松其实是姐妹？”

清水纹三又一次大吃一惊。

“是的。虽然是姐妹，但两人的性格完全不同。三千子是个疯丫头，小松却很文静。”

大地上一片漆黑，两人不知不觉间都放慢了脚步。这一方面是因为他们确实都已经筋疲力尽了，另一方面，也是在下意识地拖延回家的时间，好让自己能够晚一点面对令人尴尬的事实。

“两个女儿为一个男人争风吃醋，而且对方只不过是个司机而已。这让我丈夫无论如何也不能接受……”

“那他为什么不去自首呢？这应该只是过失杀人吧？”

“不管怎么说，这毕竟是杀了人，还是自己的亲生女儿。即便从轻处罚，但他作为商人的声誉就彻底毁了。更何况，他要担心的不只是自己的名声，还有山野家的名誉。一旦事发，就连他年轻时的不检点和两个亲生女儿间的争风吃醋也会传得沸沸扬扬吧。”

“可是，他为什么只责怪三千子一个人呢？”

“这大概是因为他觉得自己本就亏欠了小松吧。而且，三千子的性格实在让人喜欢不起来，反倒是小松，一直在我们家任劳任怨……”

正说着，清水纹三突然一把抓住山野夫人的手臂。

“夫人，别出声！有人跟踪！”

听他这么一说，山野夫人也竖起耳朵仔细辨别。

后面确实有什么人，此时正躲在暗处。他俩一停下脚步，身后的脚步声也随之消失了。

清水纹三不动声色地偷偷向后窥探，果然在身后不远处的一处树丛里，发现了一个模糊的人影。

“什么人？”

清水纹三虚张声势地大声道。

“是我。”

一个男人从树丛后面走了出来。

“从O町出来我就一直跟在你们后面了。你们大概是太亢奋了，竟然到现在才发现。怎么，难道还没听出我的声音吗？我是明智先生的助手小林芳雄，我们在菊水旅馆见过几次。想起来了吧？”

一听到这熟悉的名字，清水纹三顿时大窘。自己刚才一直劝山野夫人逃走，都被小林看了个清清楚楚。而且，他知道，小林一定会把所有的事情都原原本本地向明智报告的。

“你为什么要跟踪我们？”

“很抱歉，这是明智先生的吩咐。我的任务就是在O町那栋房子外面等着你们出来。”

“也就是说，明智事先就知道我会带着山野夫人逃跑了？”

“是的。如果你们回山野家还好说。如果你们出逃的话，不管到什么地方我都得跟着。我的另一个任务，是尽量探听你俩的对话。明智先生还特意关照，如果你们有什么不测，要我救你们……”

“这么说，明智早就知道山野夫人在那里，他是故意把我带到那里，再派你跟在我们身后偷听我们在逃跑时都说了些什么？”

“他只是说万一。万一情况变成那样，我就跟踪你们……因为山野夫人恐怕有一些误会，所以明智先生吩咐我绝对不能让夫人发生什么意外。”

嫌　疑

那天晚上，人偶师安川国松家里举行了一次特殊的聚会。众人在工作间的地板上席地而坐，有田村检察官、中村警部和当地警署的诸位警官，还有神情沮丧的清水纹三和忐忑不安的人偶师安川国松。山野夫人身心俱疲，一到家便昏了过去，此后一直在卧床休息。重伤的侏儒被送到了附近的医院抢救，生死不明。

工作间一侧的墙角下，新做好的各种人偶排成了一排，旁边的地上散落着尚未完成的脑袋、胳膊和腿，简直就像猛兽吃剩的残骸，让人毛骨悚然。

明智站在这些人偶前，面前的一张小桌子上放着曾经给清水纹三看过的各种证物。据说他很快就会把真正的凶手移交给警方，所以才会邀请田村检察官和中村警部到这里来。把聚会的地点选在人偶商店，自然有他的理由。

明智先是简要说明了迄今为止的调查过程，随后便直奔主题：

“也就是说，杀害山野三千子的犯罪嫌疑人共有四个。第一个，是养源寺的和尚，也就是那个侏儒。这个家伙无疑是个穷凶极恶的疯子。但是他把三千子的手脚砍下，在公众面前展示，还多次威胁山野夫人，由此判断，他并不是凶手。”

听明智这么说，每个人的脸上都露出了不可思议的神情，一些认定凶手就是侏儒的人低声议论起来。

明智举起右手，示意大家安静，继续说道：

“第二个是山野三千子的继母山野夫人。我们在山野夫人房间的壁橱里发现了三千子的披肩、手提包和其他一些物品，而且她对侏儒的胁迫毫无办法，是最值得怀疑的对象。但是我不会像清水君那样急于下结论。而且马上就要提到，还有其他嫌疑人。”

尽管明智的说法不能让在场的所有人心服口服，但是显然大家的注意力都成功地被他吸引了过去。

“第三个是侍女小松，她是山野三千子的情敌。案发那天，她借口身体不舒服，独自一人留在卧室里，又在几天前出走，下落不明。为此，警方怀疑凶手就是她。但是我已经知道了她的所在，而且有证据证明她绝对不是凶手。”

听到这里，中村警部的脸上不自然起来。警方全力搜捕小松却毫无进展，现在明智居然说他知道人在哪里。他想说什么，但张了张嘴，最终还是决定先听完明智的发言。

“第四个是司机路屋，案发第二天他就请假回了老家。但是他跟山野三千子两情相悦，并没有什么杀人动机。不仅如此，我还找到了他，证明了他不是凶手。也就是说，刚才列举的四个犯罪嫌疑人没有一个是凶手。”

众人面面相觑。明智故弄玄虚的演说极大地刺激了在场所有人的好奇心。

“但是，还有一个人，也就是本次案件的第五个犯罪嫌疑人。之前，我的助手小林跟踪清水君和山野夫人的时候，听到了山野夫人的告白，并且得到了证实。”

明智简要介绍了发生在隅田川河堤上的事情经过。

“山野夫人前后矛盾的行为和各种难以理解的举动也让我对此早有察觉。但很遗憾，虽然山野夫人用心良苦，但她所做的所有牺牲毫无意义。山野大五郎绝对不是杀害自己亲生女儿的凶手！”

明智逐个否定了自己列出的所有犯罪嫌疑人。

“但是，山野夫人认定自己的丈夫杀害了亲生女儿也不是没有道理的。夫妻之间产生这样的误会虽然不太常见，但山野先生生性严厉，两人的年龄差距又大，夫妻之间更像传统的主从关系，两人从来不曾敞开心扉交流过。而且，似乎所有的事情在偶然之间都指向了山野先生。首先是事发当晚，山野先生熬夜工作，很晚才休息。其次，他一路追到大阪，给了司机路屋一大笔钱。回到家之后，他就一直卧病不起，而且随着案情的发展病情越来越重，整日闭门不出，不愿见人，甚至连话也不说。不仅如此，在侏儒写给山野夫人的信上竟有山野大五郎的名字。”

明智举起放在桌上的那张拼凑起来的残信，简单地解释了事情经过。

在场的所有人都听得目瞪口呆，面面相觑，只有安川国松心不在焉，缩在角落里瑟瑟发抖。

清水纹三此时已经如坠五里雾中了。他原本认定凶手就是山野大五郎，但现在也被明智推翻了。如果不是他，那凶手又是什么人呢？如此一来，怀疑的对象岂不是一个都没有了吗？明智到底在想什么？他信誓旦旦地说今晚就会交出真正的罪犯，难道那家伙就在这人偶商店里？总不会是那个人偶师吧？就在他胡思乱想的时候，一个念头突然掠过他的脑海，突如其来的震惊和兴奋让他满脸通红。

是的，那张照片！明智曾经对着那张照片议论过一番。答案肯定就在照片里。

凶　手

明智并不理会清水纹三此刻的心情，继续自顾自说道：

“当然，既然发生了凶杀案，就一定会有凶手。只是这次的凶手太出乎意料了，包括山野夫人在内的所有人都没有察觉到。今晚我会按照约定，把凶手交出来。但是在此之前，我想简要说一说我发现凶手的经过。我想，这对警方来说还是很有价值的。”

田村检察官不耐烦地翘起了二郎腿：

“明智，你也太会吊人胃口了，还是先说说凶手到底是谁吧。”

明智满脸微笑，似乎颇为高兴：

“看来你还没有头绪吧？哈哈哈……我这就说，不过得按顺序一步一步来。”

田村检察官无可奈何地苦笑道：

“好吧。不过请你尽量简明扼要，不要弄得跟小说似的。”

“这次案件中，我最初发现的异常就是这个盛雪花膏的瓶子。”明智说着拧开了雪花膏瓶盖，“就像音乐家对不和谐的音符异常敏感一样，作为一名侦探，我对事件中的不和谐因素也格外敏感。往往正是这些不起眼的不和谐因素，最后成了案件的突破口。这是我从山野三千子的化妆桌上拿来的。正如各位所见，我还同时拿了其他几个瓶子。但是，其他所有的瓶子表面都留有指纹，只有这个瓶子上没有留下任何痕迹，应该是有人特意擦拭过了。这种雪花膏油脂含量极高，极容易留下指纹。虽然瓶子外侧的指纹被小心地擦掉了，但是瓶子里雪花膏的表面上却留下了清晰的指纹。而且，这个指纹与其他瓶子上的指纹完全不同。”

“啊！”

房间里有人惊呼出声。

“经查证，雪花膏上的是右手食指的指纹。山野三千子非常爱打扮，除了我拿来的这些，还有很多化妆品。奇怪的是，那些化妆品上都没有指纹。这实在是很难想象的。这种装化妆品的瓶子，哪怕只用一次，也一定会留下指纹的。总不可能每次用过之后都挨个仔细擦拭吧？只能有一种解释，那上面的指纹是最近特意擦掉的。但是，为什么我拿来的这些瓶子上的指纹又没有被擦掉呢？这其中必有蹊跷。我推测，这些化妆品并不是山野三千子的，而是事先准备好的伪证。”

清水纹三听到这里不禁暗自高兴起来——自己的推测得到了证实。

“这些留有指纹的化妆品都是些便宜货，与山野三千子的消费水平并不相符。并且，这些东西都是给油性肌肤的人用的，可据我调查，山野三千子是干性皮肤。虽然不能断言这一定不是她的，但至少不适用。再说这粉底，通常面色苍白的人会用更鲜亮的粉底，但这些粉底却是给脸色发红的人遮瑕用的。还有，山茶油并不用于西式发型。综上，无论从哪个方面分析，这些化妆品都不是山野三千子的，而是从其他什么地方拿来，故意放在那里的。”

明智的解释越发详细了。

“不仅是这些化妆品，吸墨纸也是事先准备好的伪证。”

明智从桌上拿起那张吸墨纸给大家看。那上面有一枚清晰的拇指指纹。

“这张吸墨纸当时就在山野三千子写字桌的正中央，十分显眼。这当然是为了让人一眼就能看到。而且上面还有使用过的痕迹，虽然乍一看只是些不明所以的点点划划，但如果把这些点划描摹一下，就能很清楚地看到这上面的文字了。当然，这些文字并没有什么特别之处，大概只是女人写的文章的一部分。但是，我手头还有其他三千子的笔迹，两相对照，吸墨纸上的笔迹虽然也是出自年轻女子之手，非常相似，但是如果这样看，就一清二楚了——吸墨纸上的字迹是反着写的。”

明智拿出事先准备好的放大镜，田村检察官立即凑了上来，十分认真地比对两种笔迹。

“怎么样？如果把这些反着写的字正过来看的话，很容易就可以分辨出这是另一个人的笔迹。”

“嗯，确实不一样。”田村检察官的紧盯着两边的文字，“这么说……”

“吸墨纸上的指纹不是山野三千子的！”

“也就是说，M百货公司人偶身上的手臂……”

“是的，那不是山野三千子的手臂。”

明智微笑着说。那表情似乎在说“你终于明白了”。

“如果是这样的话，那对这次的案件的推断就要彻底推翻了。”

“是的，从一开始就弄错了。”

明智平静地答道。

田村检察官的表情越发严肃起来，中村警部也凑了过来。

“明智君，这么说，山野三千子根本就没死？”

“是的，她没死。”

“那，你……”

田村检察官和中村警部对视一眼，然后都紧张地盯着明智。

明智看了他俩一眼，点了点头说道：

“是的，的确是这样，山野三千子不是被害人！”

“不是被害人……”

“她是凶手，山野三千子才是真正的凶手！”

“那她人在哪里？山野三千子到底杀了谁？”

“请稍安勿躁，我已经大致有了眉目。”

明智打断了田村检察官的追问，将目光移向了房间一角。

真　相

缩在角落里的是人偶师安川国松。

“安川君，这些人偶都是别人订的货吧？”

“是的。”安川难掩慌张，“这些都是浅草商店的订单，都是跟真人一模一样的生人偶。”

“里面站着的那个裸体人偶，比别的人偶大出好多，也是浅草商店订的货？”

“是的。”

安川抖得更厉害了。

“直到昨天，这个人偶还放在橱窗里，现在为什么要把他混到这些人偶里呢？”

安川国松紧张得连话也说不出来了，嘴角一直不停地抽动。

明智突然大步走向那个人偶，还把一路上挡在前面的其他人偶都粗暴地推倒在地。然后拿起地上的一把锤子，对着那个人偶的脸猛地一下敲了下去。人偶的脸随即塌陷了下去，碎片纷纷掉落。

“诸位，这就是可怜的被害人。”

明智又伸手把剩余的石膏掰下，随手扔掉，顿时露出了一张披头散发的死人的脸。与此同时，房间里的所有人都闻到了一股难以形容的恶臭。

“大家该明白了吧？不用说，这是侍女小松的尸体。真是可怜，双手和双腿都被砍掉了，这都是那个侏儒干的。”

明智一边说，一边掏出手帕掸掉尸体脸上的粉末。当咽喉逐渐露出来的时候，明智突然发现，那里竟然有一处手指的掐痕。

“一定是最初虽然头部受伤，但被害人当时并不毙命，于是凶手残忍地将被害人掐死了。”

明智说话的声音很轻，似乎是在自言自语，但房间里异常安静，所有人都惊异于眼前的诡异的一幕和凶手超乎想象的残忍，于是所有人都清清楚楚地听到了明智的话。

“是山野三千子？”

终于，田村检察官叹了口气，问道。

“是的。”

明智脸色铁青。

“可是，把尸体装进这人偶里的又是什么人呢？”

“是那侏儒，这位安川国松是帮凶。我开始怀疑他，就是因为昨晚看到侏儒来过这里。而且，侏儒装的假腿，不是普通的假肢，而是制作精良的人偶的腿。因为经过特别的设计，做工又十分上乘，所以一直以来他才能以假乱真。能做出这种东西的，当然只有手艺高超的人偶师了。恐怕他们两个已经有十多年的孽缘了吧。”

“但是，我还是觉得有点奇怪。”田村检察官好像突然发现了什么，打断了明智的话，“如果小松是被害人，那么清水纹三那晚看到的侏儒揣在怀里的手臂又是谁的呢？小松失踪只不过是两三天前的事情，M百货公司事件发生时，她不是还在山野家吗？”

“案发的第二天，小松就声称自己不舒服，一直把自己关在房间里卧床不起。我去讯问的时候，她一直缩在被窝里，不肯把脸露出来。但是，因为要一直死死抓着被子，我看到了她的手指。指甲显然精心修过，还涂了指甲油，显然不是一双属于侍女的手。要我说，那双手的主人更可能是一位从来不沾家务的大小姐。”

“这么说……啊，难道真的会有这种事吗？”

“一开始我也不能确定。但是你们看这个，看到这张照片之后，我就明白是怎么回事了。”

明智说着从桌上拿起山野大五郎一家的照片，递给中村警部和田村检察官看。照片上的山野三千子的脸被画花了，不但被抹去了眉毛，还画了一副大眼镜，不知是什么人的恶作剧。

田村检察官和中村警部看过照片之后交换了一个眼神，不由得同时感叹道：

“实在是太像了……”

“怎么样，像吧？如果去掉这些涂鸦，再摆出同一副表情，这两个人几乎可以说一模一样。这也难怪，小松原本就是山野大五郎的私生女，跟三千子是同父异母的姐妹。只不过这对姐妹性情迥异，三千子性格叛逆、表情丰富，小松则老实文静、表情呆板。而且她们的发型、眉毛也不一样，小松还戴了眼镜。

“那天晚上，山野三千子与小松之间发生了激烈的争吵。山野三千子情绪失控，酿成了惨祸。她把石膏像砸向小松，在小松倒地之后又亲手掐死了她。事后，她想出了假扮小松的诡计。”

“可是这又有什么用呢？难道假扮小松就可以逃避罪责了吗？”

“当然不能。于是她又想嫁祸给山野夫人。把尸体藏在钢琴里，然后转移到垃圾箱里，让路屋假扮成清洁工运出山野家，在山野夫人的房间里藏好栽赃的证据，以及在自己的房间里布置好伪证，所有的这一切，都是山野三千子一手策划的。”

“难道全家人都对此一无所知？”

“不，有一个人是知道的，那就是山野三千子的父亲山野大五郎。案发当晚，他恰好在书房里工作到很晚。但山野三千子是他的亲生女儿，他又格外重视家族声誉，因而，他不但没有阻止三千子，反而帮助她一起隐瞒了事情的真相。他不但给了三千子一笔钱，让她离家出走，还收买了司机路屋和养源寺的和尚。山野大五郎的这一系列举动让山野夫人产生了误会，从而使得案件更加错综复杂。”

“这么说，养源寺的和尚，也就是那个侏儒，接受了山野大五郎的委托，埋掉了小松的尸体，然后以此要挟山野夫人？”

“是的，山野大五郎也没想到事情竟然会发展成这样。那个侏儒此前一直乔装打扮，时常出入山野家，别有用心地与山野大五郎交往了很长一段时间。而且在此之前，山野大五郎一直对他和养源寺十分慷慨，所以才会误以为他是可以信赖的，对他说出了事情的真相。”

“这次的案子还真是错综复杂。不过好在经过你的一番梳理，我已经大概弄清了其中的原委。那么，现在可以按照约定，把凶手交给我们了吧？山野三千子究竟在什么地方？”

中村警部好像这才想起自己的任务，向明智问道。

结　局

“我会把她交给你们的。但其实山野三千子也很可怜。虽然她的性格实在不怎么讨喜，但考虑到她是在这样一个复杂的家庭里长大的独生女，变成今天这个样子，很难说全是她一个人的错。她对自己的行为追悔莫及。虽说确实杀了人，但应该说是过失杀人。田村君，请你在提起公诉时不要忘了这一点。”

明智平静地提醒道。

“我知道，我会尽量满足你的要求。现在可以告诉我们她在哪里了吧？”

“她就在这里啊。”

明智打了一个手势，一侧的拉门立即被人拉开了，小林、山野三千子，还有司机路屋一起出现在了拉门后。山野三千子已经泣不成声，全靠小林和路屋的搀扶才能勉强站着。

“路屋从一开始就在这里。”明智解释道，“因为山野大五郎对养源寺的和尚深信不疑，而且路屋参与了尸体的转移，不能轻易放他走，所以才会听从侏儒的安排，把他藏在了后面的小仓库里。路屋就在这里一直盼着山野三千子前来与他会合，一起远走高飞。”

明智的推理至此终于告一段落，山野三千子、路屋和安川国松身后不知什么时候已经分别站了两名警官，他们马上就要被押解到附近的原庭署。

房间里的空气似乎都要凝固了。

就在一行人跨出房门的时候，明智突然大声叫道：

“请等一下！”

他从刚才开始，就一直盯着小松脖子上的掐痕愣愣出神。

“三千子小姐，是你掐死了小松吗？”

山野三千子闻言愣了半晌，满脸不可思议的表情：

“没有，没有，我没有掐过她！怎么了？”

“真的吗？”

“真的。”

明智听到她的回答，像是突然兴奋了起来，又开始下意识地搔起自己的头发。

“田村君，请等一下，杀害小松的真正凶手也许并不是山野三千子。”

“什么？你说什么？”

田村检察官瞪了大眼睛。

“这到底是怎么回事？刚才不是你断定山野三千子就是凶手吗？怎么……”

“也许是我弄错了。”

“什么？弄错了？”

“是的，我刚才仔细观察了尸体脖子上的掐痕，如果说这是山野三千子造成的，那她的手也未免太大了些。而且刚才她也亲口否认了曾经掐过被害人的脖子。”

田村检察官满脸惊讶。

“照你这么说……”

“也许……”

就在明智正要往下说的时候，一个人急匆匆地跑了进来。

“明智先生，请出来一下。”

明智过去跟那人耳语了好一阵子，然后满脸兴奋地回到房间，向众人大声宣布：

“诸位，果然如我所说，杀害小松的凶手不是山野三千子，而是另有其人。”

“到底是谁？”

田村检察官和中村警部异口同声地追问。

“养源寺的和尚，也就是那个侏儒。刚才我的部下赶来就是为了通报这个最新情报。那家伙刚刚在医院断了气，在那之前，他供述了自己犯下的全部罪行。那可真称得上罄竹难书啊。不过现在，我们要先说说跟本案有关的部分。

“案发的第二天早上，路屋将小松的尸体藏在垃圾箱里运出了山野家，然后运到养源寺，交给了侏儒。侏儒将尸体暂时藏在了垃圾堆里，原本是想等到晚上，趁夜再转移到其他地方毁尸灭迹。然而，就在他从垃圾堆里将小松拖出来的时候，竟然发现她还有微弱的呼吸。侏儒大吃一惊，但他残忍的本性很快就占据了上风。他嫉恨这世上所有身体健全、生活幸福的人。更重要的是，如果小松没有死，他就失去了要挟山野家的砝码。于是，他掐死了小松，还把她的手脚砍了下来四处张扬，一方面满足自己变态的心理，另一方面也是向山野夫妇施加压力。

“当然，脸是万万不能被人看到的，不然死者不是山野三千子的真相就会大白于天下，他也就无法迫使山野夫人就范了。于是，他又想到了人偶师安川，请他把尸体的头部和躯干藏在了人偶里。

“这些都是侏儒死前亲口供述的，我想，都到了那个时候，他应该不会再撒谎了吧。”

由于接二连三的意想不到的反转造成的刺激，事后，清水纹三已经很难确切地回想起当时房间里众人的表现了，只是隐约记得好像看到山野三千子和路屋似乎长长地出了一口气。

江户川乱步年谱

1894年　出生

本名平井太郎，10月21日出生于三重县名张市，为家中长子。父平井繁男，时任名贺郡官府书记员。母平井菊。

1897年　3岁

因父亲工作调动，举家搬迁至名古屋市。

1901年　7岁

4月，进入名古屋市白川寻常小学就读。

1903年　9岁

《大阪每日新闻》连载菊池幽芳的《秘密中的秘密》，母亲每晚都会念给他听，从此对侦探故事萌生了极大兴趣。

1905年　11岁

4月，进入市立第三高等小学。协助父亲采用胶版誊写版印刷和发行少年杂志。二年级时喜欢上了押川春浪的武侠冒险小说。

1907年　13岁

4月，升入爱知县立第五初级中学。读到黑岩泪香的《岩窟王》，印象特别深刻。

1908年　14岁

其父开设平井商店，主营进口机械的贸易销售，兼营外国保险代理和煤炭销售业务，并采购全套铅字，印刷和发行《中央少年》杂志。秋天，开始在学校附近租借宿舍，独立生活。

1910年　16岁

与要好同学坐船到中国的东北地区旅行。

1912年　18岁

3月，初中毕业。因喜欢出版事业，与同学到处奔走、筹备。6月，其父开设的平井商店破产倒闭。由于失去了学费来源，没有继续上高中。随父亲坐船到朝鲜马山，从事垦荒和测量工作。8月，只身赴东京勤工俭学，以优异成绩考入早稻田大学预备班，白天上学，晚上寄宿在东京都本乡汤岛天神町的云山印刷厂，逢休息日打工。12月，迁到春日町借宿，业余时间靠誊写挣钱。

1913年 19岁

春，与祖母在东京牛込喜久井町生活，重读黑岩泪香等著名作家写的侦探小说。曾计划印刷和发行《少年新闻报》。8月，预备班毕业，考入早稻田大学经济学专业学习。

1914年 20岁

春，与同学创办《白虹》杂志，利用业余时间阅读爱伦·坡、柯南·道尔等英国作家的短篇侦探小说。为了阅读侦探小说，辗转于各大图书馆，所做的笔记装订成册，称为《奇谈》。

1915年 21岁

其父回国供职于某保险公司，在牛込与全家一起生活。继续阅读外国侦探小说，并悉心研究“暗号通讯文书”的由来、规则和特点。

1916年 22岁

8月，毕业于早稻田大学经济学专业，入职大阪府贸易商加藤洋行。

1917年 23岁

5月，从加藤洋行辞职，在伊东温泉开始阅读谷崎润一郎的作品《金色之死》，执笔撰写电影评论文章。11月，入职三重县鸟羽造船厂电机部，参与内部杂志《日和》的编辑。

1918年　24岁

4月，其父再赴朝鲜工作。与鸟羽造船厂的同事组织“鸟羽故事会”，在各剧场、小学巡回。冬，在坂手村小学结识村上隆子。

1919年　25岁

辞职到东京。2月，与两个弟弟在东京本乡驹込町经营一家旧书店“三人书房”。7月，在书店二层编辑《东京PACK》杂志。11月，开设中华面馆。同年，与村上隆子成婚。

1920年　26岁

2月，入职东京市政府社会局。10月，关闭旧书店，入职大阪时事新报社，担任记者，经常与井上胜喜谈论侦探小说，开始撰写《两分铜币》。

1921年　27岁

3月，长子平井隆太郎诞生。4月，在东京担任日本工人俱乐部书记。

1922年　28岁

8月，辞职后回到大阪府外守口町的父亲家，与父亲一起生活。9月，《两分铜币》《一张收据》完稿，正式向某杂志社投稿，但未被采用。不久，改投《新青年》杂志，经审定采用。12月，入职大桥律师事务所。

1923年　29岁

4月，《两分铜币》在《新青年》刊载，小酒井不木博士长文推荐。7月，《一张收据》在《新青年》刊载，辞去大桥律师事务所工作，入职大阪每日新闻社广告部。

1924年　30岁

4月，关东大地震，全家迁回大阪。7月，在《新青年》发表《二废人》。10月，在《新青年》发表《双生儿》。11月底，离开大阪每日新闻社，成为职业作家。

1925年　31岁

1月，在《新青年》增刊发表《D坂杀人事件》，名侦探明智小五郎首次登场。到名古屋拜访小酒井不木。之后，到东京拜访森下雨村，结识《新青年》派作家。2月，在《新青年》发表《心理测试》。3月，在《新青年》发表《黑手》。4月，在《新青年》发表《红色房间》，与春日野绿、西田政治、横沟正史等作家发起创建“侦探兴趣协会”。5月，在《新青年》发表《幽灵》。7月，在《新青年》发表《白日梦》《戒指》。8月，在《新青年》增刊发表《天花板上的散步者》。9

月，在《新青年》发表《一人两角》，在《苦乐》发表《人间椅子》；其父逝世。10月，成立“新兴大众文艺作家协会”。

1926年　32岁

发表侦探小说《噩梦塔》(直译名《幽鬼之塔》)等多篇作品。12月，在《朝日新闻》上连载《畸心人》(直译名《侏儒法师》)。

1927年　33岁

3月，停笔，与妻平井隆子开设“宿舍租借有限公司”。不久，独自外出旅行，到日本海沿岸、千叶县沿岸等地；10月，到京都、名古屋等地；11月，与小酒井不木、国枝史郎、长谷川伸和土师清二等人创建大众文艺民间合作组织“耽绮社”。

1928年　34岁

3月，出售早稻田大学附近的宿舍。4月，买下东京户塚町源兵卫一七九号的房屋。同年，发表《丑角师》(直译名《地狱丑角师》)。

1929年　35岁

1月，在《新青年》发表《噩梦》。6月，发表处女随笔《恶魔王》(直译名《恐怖的魔王》)。8月，在《讲谈俱乐部》连载《蜘蛛男》。

1930年　36岁

5月，改造社出版《孤岛之鬼》。7月，在《讲谈俱乐部》连载《魔术师》。9月，在《国王》连载《黄金假面人》。10月，讲谈社出版《蜘蛛男》。

1931年　37岁

5月，平凡社出版《江户川乱步选集》13卷。同年，出版《迷重重》（直译名《钟塔的秘密》）、《暗黑星》和《邪与恶》（直译名《影男》）。

1932年　38岁

3月，停笔，带全家外出旅游，先后到过京都、奈良、近江等地。

1933年　39岁

1月，加入大槻宪二创建的“精神分析研究会”，每月出席例会，并为该会《精神分析杂志》撰稿。4月，长子平井隆太郎升入大阪府立第五初中学校。同年，好友山本直一辞去博物馆工作，担任江户川乱步的助手。12月，在《国王》连载《红蝎子》（直译名《红妖虫》）。

1934年　40岁

发表《恐吓信》（直译名《魔术师》）、《黑天使》和《不归路》（直译名《死亡十字路》）。

1935年　41岁

1月，平凡社陆续出版《江户川乱步杰作选》12卷。6月，春秋社出版《人形豹》。9月，编写《日本侦探小说杰作集》，由春秋社出版，并发表长篇评论文章。

1936年　42岁

1月，在《讲谈俱乐部》连载《绿衣人》；在《少年俱乐部》连载《怪盗二十面相》。5月，春秋社出版评论集《鬼的话》。12月，讲谈社出版《怪盗二十面相》。

1937年　43岁

1月，在《讲谈俱乐部》连载《噩梦塔》(直译名《幽鬼之塔》)，在《少年俱乐部》连载《少年侦探团》。战争爆发后，政府当局对于出版物的审查越来越严格，江户川乱步的所有小说被禁止出版发行，不得不停止撰写侦探小说。为了生活，江户川乱步借用别名为少年儿童撰写探险小说。后来，当局只允许江户川乱步撰写防谍反特小说，在杂志和报纸决定连载前，必须经过外交部、内务部、警视厅和宪兵机构的联合审查，达成一致意见后方可使用江户川乱步的名字刊登。由于公开抗议，被勒令停止写作，结果只写了一部小说。

1938年　44岁

1月，在《少年俱乐部》连载《妖怪博士》。3月，讲坛社出版《少年侦探团》。4月，新潮社出版《噩梦塔》。9月，新潮社出版《江户川乱步选集》10卷。

1939年　45岁

1月，在《讲谈俱乐部》连载《暗黑星》，在《少年俱乐部》连载《蒙面人》。2月，讲谈社出版《妖怪博士》。

1940年　46岁

2月，讲谈社出版《蒙面人》。7月，因心脏不适住院治疗。10月，与同人创立“大政翼赞会”。

1941年　47岁

7月，非凡阁出版《噩梦塔》。12月，任东京池袋丸山町防空会长。

1942年　48岁

任东京池袋北町会副会长，以“小松龙之介”的笔名连载《聪明的太郎》。

1943年　49岁

与著名作家井上良夫书信往来，交流对欧美侦探小说的看法。8月，开始连载科幻小说《伟大的梦》。11月，东京大学文学部在读的长子平井隆太郎被征召入伍，为其举行送别会。

1944年　50岁

出任行政监察随员助手，后在町会领导下开设军需品加工厂生产皮革制品。

1945年　51岁

4月，家属被疏散到福岛，自己则只身留在东京池袋，继续担任町会副会长。6月，因病被疏散到福岛。8月，在病床上听到裕仁天皇宣布无条件投降，平井隆太郎从土浦飞行队退役。11月，举家迁回池袋。

1946年　52岁

6月，倡议成立“侦探小说星期六研讨会”，每月开一次例会。

1947年　53岁

6月，“侦探小说星期六研讨会”更名“侦探作家俱乐部”，被选举为第一届主席。11月，到关西等地演讲，普及和推广侦探小说。没有新作问世，但旧作再版达31部。

1949年　55岁

1月，在《少年》连载《青铜怪人》。6月，再度当选侦探作家俱乐部会长。11月，光文社出版《青铜怪人》。

1950年　56岁

1月，在《少年》连载《虎牙》。3月，在《报知新闻》连载《断崖》，为战后首部短篇侦探小说。12月，光文社出版《虎牙》。

1951年　57岁

1月，在《趣味俱乐部》连载《恐怖的三角馆》，在《少年》连载《透明怪人》。5月，岩谷书店出版评论集《幻影城》。12月，光文社出版《透明怪人》。

1952年　58岁

1月，在《少年》连载《怪盗四十面相》。3月，评论集《幻影城》荣获侦探作家俱乐部授予的“第五届优秀侦探小说勋章”。7月，辞去侦探作家俱乐部会长一职，任名誉会长。12月，光文社出版《怪盗四十面相》。

1953年　59岁

1月，在《少年》连载《宇宙怪人》。12月，光文社出版《宇宙怪人》。

1954年　60岁

1月，在《少年》连载《塔上魔术师》。10月，日本侦探作家俱乐部、东京作家俱乐部和捕物作家俱乐部联合主办“江户川乱步六十大寿庆典”，会上正式设立“江户川乱步奖”。《别册宝石》第四十二期杂志作为

“江户川乱步六十周岁纪念特刊”，《侦探俱乐部》十二月号杂志也作为“乱步花甲纪念特刊”。著名作家中岛河太郎编纂和发行《江户川乱步花甲纪念文集》。11月，映阳堂出版《江户川乱步选集》10卷。12月，光文社出版《塔上魔术师》。

1955年　61岁

1月，在《趣味俱乐部》连载《影男》，在《少年》连载《海底魔术师》，在《少年俱乐部》连载《灰色巨人》。5月，举行首届“江户川乱步奖”颁奖仪式。11月，在三重县名张市举行“江户川乱步诞生地”树碑庆贺仪式。12月，光文社出版《海底魔术师》《灰色巨人》。

1956年　62岁

1月，在《少年》上连载《魔法博士》，在《少年俱乐部》上连载《黄金豹》。1月24日，“日本翻译家研究会”成立，出任研究会顾问。2月，出任“日本文艺家协会语言表述问题专业委员会”委员。4月，发表《英文翻译侦探小说短篇集》。8月，接任《宝石》杂志主编。11月，光文社出版《马戏团里的怪人》《魔法玩偶》。

1957年　63岁

1月，在《少年》连载《夜光人》，在《少年俱乐部》连载《奇面城的秘密》，在《少女俱乐部》连载《塔上魔术师》。12月，光文社出版《夜光人》《奇面城的秘密》《塔上魔术师》。

1959年　65岁

1月，在《少年》连载《假面具背后的恐怖王》。11月，桃源社出版《欺诈师与空气男》，光文社出版《假面具背后的恐怖王》。

1960年　66岁

1月，在《少年》连载《带电人M》。4月，出任东都书房《日本侦探推理小说大集成》编辑委员。

1961年　67岁

4月，成为文艺家协会名誉会员。7月，出席“江户川乱步从事侦探小说创作四十周年庆典”，桃源社出版《侦探小说四十年》。10月，桃源社出版《江户川乱步全集》18卷。11月3日，荣获日本政府颁发的“紫绶褒勋章”。

1963年　69岁

1月，“日本侦探作家俱乐部”升格为社团法人“日本推理作家协会”，被一致推选为第一届理事长。8月，再次当选，坚辞不受，亲自提名松本清张接任第二届理事长。

1965年　71岁

7月28日，突发脑出血逝世，戒名智胜院幻城乱步居士。获赠正五位勋三等瑞宝章。8月1日，在青山葬仪所举行日本推理作家协会葬，墓所位于多摩灵园。

译后记

我1981年8月考入宝钢翻译科从事翻译工作，1982年初开始从事日本文学翻译，1983年2月首次发表日本文学译作。四十余年来，我一直致力于中日民间文化交流，尤其是翻译了日本推理文学鼻祖江户川乱步的作品全集，由衷地感到欣慰和满足。

《江户川乱步全集》共46册，数百万言，历经数个寒暑才翻译完成。回首往事，第一天坐在桌案前写下第一行译文的情景仍历历在目。为了解江户川乱步的创作思想、创作背景和准确把握作品的神韵，除反复阅读其所有小说作品外，我还遍览《侦探推理文学四十年》《乱步公开的隐私》《幻影城主》《奇特的立意》和《海外侦探推理文学作家和作品》等乱步的随笔和评论集。并专程去了坐落在东京丰岛区池袋的江户川乱步故居考察，到日本国家图书馆查阅了有关江户川乱步的许多资料。

为了让更多的人了解江户川乱步，我在《新民晚报》先后发表了《江户川乱步，日本侦探推理文学的先驱》《日本的福尔摩斯》《江户川乱步的起步》《徜徉少年大侦探系列》《徜徉青年大侦探系列》，接受了腾讯视频、东方电视台、《上海翻译家报》、沪江网、日语界以及日本青森电视台、《东粤日报》、《朝日新闻》、《产经新闻》、《中日新闻》的相关采访。

鲁迅说：“伟大的成绩和辛勤劳动是成正比的，有一分劳动就有一分收获。日积月累，从少到多，奇迹就可以创造出来。”我历经数年辛劳翻译的这版《江户川乱步全集》，2004年4月被乱步故里日本名张市政府收藏，2020年10月又被日本驻上海总领事馆收藏，并荣获国际亚太地区出版联合会

APPA翻译金奖，其中的“少年侦探团系列”荣获国家新闻出版总署优秀少儿图书三等奖。

江户川乱步可以说是日本推理文学的代名词，江户川乱步奖是推动日本推理文学作家辈出的巨大动力，《江户川乱步全集》是世界侦探推理文学的瑰宝。希望通过这套《江户川乱步全集》，可以让更多的读者共同享受推理文学的乐趣。

2021年元旦于上海虹桥东华美寓所